KB143092

푸른 학이 천 리를 가려고

김태엽 산문집

學而思 | 학이사

머리말

한옥의 문에는 종이를 바른다. 문과 문틀 사이에도 종이를 바른다. 문에 바르는 종이는 창호지고, 문과 문틀 사이에 바르는 종이는 문풍지다. 어쩌면 문풍지는 없어도 될 듯하다. 계절에 따른 습도와 온도 차이 때문에 문풍지가 필요하다. 창호지는 주연이고 문풍지는 조연이다. 사람들은 주연에만 관심을 기울인다. 조연 없는 주연만의 연극이 재미있을까. 조연을 소중히 여기는 세상이 좋다. 문풍지도 창호지와 똑같은 한지다.

음지가 없으면 양지가 존재할 수 없다. 볕이 들면 음지도 밝게 된다. 시간에 따라 양지와 음지가 바뀐다. 양지만 고집하면 음지가 빨리 다가온다. 양지와 음지는 본디 같은 바탕이다. 모양도 향기도 드러나지 않는 꽃이 오래간다. 향기가 안으로 번지는 꽃이다. 내면이 알차다. 남의 시선을 아랑곳하지 않는다. 말없이 자신에 충실한 꽃이다. 사계절 쉬지 않고 피는 꽃이다. 더불어 피는 꽃이다.

마음의 여백을 채워본다. 자연을 바라보고 나라를 생각하며 살아가는 얘기다.

2016년 가을
김태엽

차례

2부 _ 스스로 업신여기지 말아야

차례

3부 _ 새도 날아가지 못하는 데가 있다

4부 _ 사바도 고쳐보면 이리도 고운 것을

1부

힘 있는 정의가 필요하다

우리 것

남의 밥에 콩이 커 보인다는 말이 있다. 그럴 수 있다. 내게 없는 것이면 더욱 그럴 것이다. 내게 있다 하더라도 남의 것이 왠지 더 좋게 보일 수 있다. 남의 장점을 배우기 위한 관점일 수 있다. 그런 생각이 어쩌면 내 밥의 콩을 더 크게 키우는 계기가 될 수도 있기 때문이다. 그러나 지나치게 남의 것에 기울어지는 태도는 옳지 않다. 남의 것이라고 다 좋은 것은 아니니까. 우리의 것을 자세하게 잘 살펴보면 남의 것 못지않음에도 나의 것을 아예 무시하거나 외면해 버리는 태도는 좋지 않다.

며칠 전 한 신문 칼럼에 어느 대학 교수가 쓴 글의 일부다. “서양에서는 기원전 4세기 고대 그리스에서 이미 그 시끄러움을 경험했다. 한국에서는 다소 늦어 언론이 자유화된 1987년 무렵부터가 아닐까 한다.” 앞뒤 글의 맥락으로 보아 민주사회는 수평사회이고 비민주사회는 수직사회이며, 민주사회는 언론자유가 보장되어 있어서 시끄럽다는 것이다. 따라서 서양에서는 기원전부터 언론의 자유가 있었고 한국에서는 1987년부터 언론의 자유가 시작되었다는 뜻으로 이해된다. 과연 서양에서 기원전 4세기부터 언론자유가 보장되어 늘 시끄러움을 동반한 수평사회가 지속되었을까? 그때부터 서양 여러 나라에서는 모든 국민이 동등한 주권을 행사한 민주사회였을까? 그렇지 않았다. 서양에서 귀족과 평민 그리고 하인계급이 공존한 것이 19세기 말까지 이어져 내려왔다. 1443년경 독일 구텐베르크가 금속인쇄술을 발명함에 따라 유럽 여러 나라에서 책들이 쏟아져 나오게 되었다. 그중에는 교회와 왕실을 비판한 책들이 많았는데, 교회와 왕실에서 그것을 방임하지 않고 그런 책의 출판을 중단시키고 강력하게 통제했다. 그러니 그 당시 서양에서 언론의 자유가 보장되었다고 말할 수 없다. 흔히 말하는 중세의 암흑기는 5세기부터 15세기까지로 잡는다. 서양의 암흑기는 서로마제국이 멸망하고부터 르네상스가 시작될 때까지 약 천 년이나 지속되었다. 그 긴 기간 동안 인간의 존엄성이 인정되지 않았고, 왕권王權과 신권神權의 끊임없는 대립과 갈등이 지루하게 계속되었다. 교황 그레고리가 황제의 성직자 임명권을 회수하려 할 때 신성로마제국의 황제 하인리히 4세가 강력하게 반발하자 교황은 황제를 파문하려 했다. 어쩔 수 없이 황제가 멀리까지 교황을 찾아가서 무릎을 꿇고 사죄했다. 그것이 바로 1077년에 일어난 이른바 카사노의 굴욕이다. 그리고 기독교가 예루살렘을 되찾기 위해 1095년부터 1456년까지 벌인 십자군 전쟁이 약 350년간이나 이어졌다. 그 동안 유럽인들의 삶은 종교에 얽매여 있었으며 개인적인 인권은 무시되었다. 이런 서양 유럽의 역사로 미루어 볼 때 중세의 서양사회에서 언론 자유란 상상할 수 없는 일이다.

중세 암흑기를 종식시킨 것이 이탈리아를 중심으로 일어난 르네상스 운동이다. 고대 그리스와 로마의 학문과 지식을 부흥시키고자 하는 유럽의 문화운동이 그것이었다. 고전과 학문의 가치에 대한 관심이 고조되었으며, 지동설, 봉건제 몰락, 인쇄술, 항해술 등의 새로운 기술이 등장하였다. 르네상스 정신은 곧 인문주의 운동으로 전개되었는데, 이 운동은 인간본성을 표현하고 인간의 존엄성을 강조하고 인간정신의 부활에 초점이 맞추어졌다. 만약 천 년의 암흑기 동안 잃어버린 인간성을 회복하기 위해 일어난 물결이 르네상스 운동이라면, 서양에서 기원전 4세기 그리스에 시끄러움이 있었다고 쓴 그 교수의 얘기를 신뢰할 수 있을지는 의문이다. 설령 그런 점이 좀 있었다 하더라도 그것은 잠시뿐이었을 것이다. 암흑기를 겪은 유럽의 역사가 그것을 말해 준다. 칼럼의 내용대로 그리스에서 그때 미약한 공론이 이루어졌다 하더라도 오늘날의 공론화와는 질적으로 상당히 차이가 있을 것이다. 4세기 그리스에서의 시끄러움과 1987년 한국에서의 시끄러움을 등가等價로 다룬 관점은 지나치게 안일한 태도이다. 4세기 그리스에서 그런 일이 있었다 하더라도 그 뒤 서양 유럽의 역사에서 계속 이어지지 못했다면 그것은 꽃피우지 못한 한때의 공론의 싹에 지나지 않은 것이다. 그런 정도의 싹은 우리나라 역사에서도 찾아볼 수 있다. 로마제국보다 앞선 기원전 57년에 개국하여 935년에 멸망한 신라는 천 년 역사를 가진 나라다. 세계사에서 로마제국 외에 찾아보기 힘든 긴 역사의 나라가 신라다. 신라는 건국 전반기에 세 성씨가 돌아가면서 왕위에 올랐다. 어느 한 성씨가 권력을 독점하지 않고 박 씨, 석 씨, 김 씨 사람들이 차례로 왕위에 오른 것은 상당한 민주성에 기인한 것이라고 본다. 여기서 민주성이란 최고 통치자의 권력을 견제할 장치가 있음을 뜻한다. 그리고 서기 42년부터 532년까지 한반도의 낙동강 주변에 위치했던 가야의 경우를 보자. 개국왕인 수로왕과 허 왕후 사이에 열 아들이 있었는데, 여덟 아들에게 김 씨 성을 주고 두 아들에게는 허 씨 성을 주었다고 한다. 그때 벌써 남녀평등이 어느 정도 이루어진 것이다. 또한 신라에서는 7세기에 이미 여자가 왕이 됐다. 중국 당나라의 여왕 측천무후와 같이 권력을 찬탈한 것이 아니고 순조로운 절차에 의해 세 사람의 여왕이 통치했다. 이런 경우가 그 시대의 서양 역사에 있었는가. 서양에서 여성에게 투표권이 주어진 게 불과 얼마 되지 않는 사실을 감안하면, 우리는 천수백 년이나 앞서 여성의 권위를 왕실에서부터 인정한 민족이다. 한편 조선시대 사대부들의 무덤에서 나온 편지(현풍 곽씨 언간)에서 17세 중기의 부부간에 주고받은 글을 보면 서로 높임말을 사용하고 있다. 또 17세기 중반 고령 신씨의 분재기에 일곱 자녀들에게 공평하게 재산을 나누어준 내용이 최근 공개된 바 있다. 그리고 18세기 숙종 때 남편 유정기와 아내 신태영이 서로 상대방에 대해 이혼 소송을 관청에 요청한 사건이 있었다. 부부가 서로 높임말을 사용하고, 아들과 딸에게 공평하게 재산을 나누어 주고, 남편과 아내가 서로 상대방에게 이혼소송을 한 것들이 모두 양반 중심의 가부장제 사회에서 엿볼 수 있는 남녀평등 의식들이다.

이런 역사적 사실을 통해 조선시대 남녀 사이의 위상관계가 잘 드러난다. 조선시대에 이미 상당하게 남녀가 평등한 관계였음을 보여주는 증거들이다. 물론 조선 후기에 와서 차별이 심했음은 주지의 사실이다. 우리의 것을 관심 있게 살펴보지도 않은 채 서양 문화가 무조건 우리보다 앞섰을 것이라는 생각은 문화적 편견이다.

우리 조상들의 삶의 흔적을 자세하게 들여다보면 놀랄 만한 선진적인 의식을 엿볼 수 있다. 고려 6대 성종 때 신라 출신의 최승로 선생이 유교적 정치이념을 체계화하여 국가 경영의 개혁방안을 왕에게 제시했다. 이른바 28시무라는 게 그것인데, 성종이 그 개혁안을 수용함으로써 종래의 정치적 폐단을 척결하고 새로운 국가체계를 정비해 나가는 시금석이 되었다. 동양에서도 왕권과 신권臣權이 끊임없이 충돌했지만, 서양의 왕권과 신권의 충돌은 인권이 특정 종교에 예속된 채 기나긴 암흑기의 터널을 헤매게 했던 것이다. 하지만 우리는 고려 초기에 벌써 백성의 뜻을 통합한 신하의 정치개혁안을 왕이 실행에 옮기는 선진적인 국가경영이 실현된 것이다. 그리고 고려 후기 1377년에는 금속인쇄술로 찍은 문헌(직지심체요절)이 나왔다. 문화의 핵이 문자이고 문자의 활용은 인쇄술에서 시작된다. 인쇄술의 발달은 언론의 자유와 무관할 수 없다. 이는 독일의 구텐베르크보다 약 70년이나 앞선 고려의 문화적 선진성을 보여준다.

조선시대 역사에서도 상당한 민주성을 찾아볼 수 있다. 조선에는 언로가 제도적으로 열려 있었다. 사간원과 사헌부 그리고 홍문관의 관원들이 정사의 어떤 문제에 대해서도 왕에게 간쟁할 수 있었다. 즉 신하들이 왕의 잘못된 일을 바르게 고칠 것을 간절하게 말할 수 있었다는 것이다. 상소문을 통해 왕의 독주를 거침없이 비판한 것이 언론의 자유가 아닌가. 4세기 그리스의 시끄러움이란 것이 어떤 수준의 공론화였는지 자세하게 알 수 없지만, 조선시대의 상소제도는 분명 언론의 자유에 해당한다. 공론화가 허용된 것이다. 또 세종 때는 전 · 현직 관리와 일반 백성 약 20만 명에게 토지세금을 어떤 방법으로 부과할 것인가에 대한 여론조사를 실시하고, 그 결과에 따라 세법을 개정하여 공평과세가 이루어지도록 했다. 1430년의 일이다. 미국에서는 1876년에 처음 여론조사가 실시됐다. 백성의 여론에 따라 법을 개정한 경우가 15세기 서양에서 있었던가. 그리고 고려 광종 때부터 역사기록의 초안을 전담하는 관원이 있었다. 조선의 사관은 춘추관 소속으로 봉교, 대교, 검열 등의 직책이 있었는데, 그 직급은 정7품에서 정9품으로 아주 낮았다. 하지만 사관의 등용은 매우 엄격한 절차를 거쳤다. 과거에 급제한 자로서 친가와 외가의 4대조까지 아무 하자가 없어야 하고 단정한 인품과 공정성을 가져야 하며, 이조에서 엄선과정을 통과한 자를 임명했다. 사초의 중요성을 감안한다면 사관의 등용은 신중할 수밖에 없었을 것이다. 사관이 기록한 사초는 어느 누구도 열람하지 못했다. 조선이 왕권봉건국가라고 하지만, 왕이 마음대로 사초를 볼 수 없는 것이 곧 권력의 견제가 아닌가. 왕도 사람인지라 사초를 보고 싶었겠지만, 사관이 그것을 허락하지 않았다. 한 나라의 왕이 낮은 직급의 사관을 함부로 부릴 수 없었던 조선의 선진적인 법이 민주적인 요소를 내포하는 것이 아니고 무엇인가.

우리 역사에서 그냥 지나칠 수 없는 작은 민주적 씨앗들을 살펴본 바, 그 실체가 분명할 뿐 아니라 누구도 무시할 수 없는 가치를 가지고 있다. 현대 민주주의에 비하면 분명 전근대적이라 하더라도 그것이 가진 민주성의 기초적 성격을 처음부터 무시하는 태도는 바람직하지 않다. 왜 우리 역사에서 민주성을 띤 역사적 사실들에 대해 무관심하고 지나치게 인색한가. 일제의 식민사관에 의한 우리 역사 왜곡에 따른 영향 때문인가. 서양문화에 경도된 일부 사람들의 잘못된 관점 때문인가. 어느 경우이든 우리 민족과 역사에 대한 관심과 애정이 결여된 결과이다. 우리의 것이 무조건 우수하다고 강변해서도 곤란하지만, 우리의 것을 아예 무시해 버리는 태도는 현재의 자신을 부정하는 것이다. 《맹자》에 "자신을 스스로 멸시하면 남이 나를 멸시한다."는 말을 되새겨 보자. 우리는 조상에게서 뛰어난 문화 인자를 물려받은 자랑스러운 민족이다. 신라, 고려, 조선 초기까지 문화 선진국이었고, 한국은 후진국이었다가 선진국이 된 것이 아니고 본래부터 선진국이었다가 잠깐 바닥을 치고 다시 제자리로 돌아가는 중이다(최준식:2016).

남의 밥에 있는 콩이 더 커 보일 때는, 밥그릇을 서로 바꾸어 보라. 그러면 본디 내 밥그릇의 콩이 더 크게 보일 게 아닌가. 우리의 것이 무조건 좋다는 생각도 문제지만, 무조건 좋지 않다는 생각은 더 큰 문제다. 우리의 것에 대한 자부심이 필요하다. 그리고 우리에게 내재되어 있는 긍정적인 잠재력을 끄집어내야 한다. 이것이 우리가 정성들여 해야 할 일이다. 우리의 밝은 미래를 위해.

남의 도움

사람은 서로 도움을 주고받으며 살아가는 존재다. 알게 모르게 도움을 주고받지 않는 사람은 없다. 어떤 이는 혼자 힘으로 살아왔다고 말하지만, 사람이 세상에 나올 때 이미 자력이 아니었듯이 혼자서 살아가기는 불가능하다. 때로는 남에게 도움을 주기도 하지만 남에게서 도움을 받는 경우가 더 많다. 매년 연말연시 언론에 보도되는 걸 보면 세상에는 남을 도우며 살아가는 사람들이 많다는 걸 알 수 있다. 실제로 겉으로 드러나지 않게 남을 도우는 사람들이 수없이 많을 게다. 그런 사람들이 있기에 우리가 사는 세상이 더 아름답지 않은가.

개인과 개인 간에도 그렇지만 나라와 나라 사이에도 도움을 주고받는 경우가 있다. 개인 사이의 도움은 사랑의 나눔일 수도 있고 공동체 의식의 발로일 수도 있다. 그러나 나라와 나라 사이의 도움은 개인 간의 도움과 다르다. 아무 대가 없이 다른 나라에 무상으로 원조하는 경우가 있긴 하지만, 대개는 상당한 대가가 뒤따른다. 나라에 따라 그리고 도움의 내용에 따라 대가의 양상이 다르기도 하지만, 우리의 역사를 살펴보면 그 대가가 결코 만만하지 않았다.

우리는 4천 년이 넘는 역사를 가진 나라다. 그러나 영토가 비교적 좁고 이웃한 다른 종족들의 호전성 때문에 편안하게 살아온 기간이 별로 없었다. 고대로 거슬러 올라가면 부여나 고구려의 영토가 작지 않았지만, 그 이후 우리 민족이 발을 붙이고 살아온 공간이 차츰 줄어들었다. 국력이 강했던 고구려의 광개토왕이나 장수왕 시기에 영토가 확장된 적이 있긴 했으나, 그것은 잠시뿐이었다. 그 밖에는 대부분 주변 종족이나 국가들로부터 수많은 침략과 수모를 당하며 살아왔다. 그럴 때마다 이웃 나라의 도움을 받은 건 아니지만, 수차에 걸쳐 다른 나라의 도움을 받은 적이 있다. 그래서 겨우 우리의 역사를 지탱하게 된 경우도 있고 몇 개로 분리된 우리 민족이 하나로 통일한 경우도 있었다. 그러나 널리 알려져 있는 전쟁의 역사를 통해, 다른 나라의 도움이 얼마나 무서운 대가를 감당해야 하고 또 그 후유증이 얼마나 큰가를 되새겨 봐야 한다.

먼저 신라가 당나라의 도움을 받아 삼국을 통일한 경우를 보자. 우리 민족이 신라, 고구려, 백제, 가야 등 4개 국가가 나뉘어 존재했다. 낙동강 주변에서 약 5백 년의 역사를 지속한 가야는 전쟁 없이 신라에 나라를 그대로 넘겼다. 선진적인 철기문화를 가진 가야를 합병한 신라는 영토의 확장과 함께 국력이 크게 신장되었다. 고구려, 백제와 크고 작은 전쟁을 경험한 신라는 세 개의 나라 중에서 군사적으로 힘의 우위에 있지 못했다. 하지만 가야의 합병으로 신라는 민족의 통일이라는 거대한 꿈을 구체화할 수 있게 된 것이다. 내적으로 화랑을 양성하여 신라정신을 하나로 묶어 나감으로써 신라의 꿈을 실현하는 원동력을 키웠다. 한편으로는 외교력을 발휘하여 당나라의 힘을 빌리는 데 성공하여 마침내 삼국통일이라는 대업을 이룰 수 있었다. 신라가 당나라 도움으로 660년에 백제를 멸망시키고, 668년에는 고구려를 멸망시켰다. 그러나 신라의 삼국통일은 676년에 비로소 완성되었다. 676년은 고구려를 멸망시킨 지 8년이 된 해다. 그렇다면 그 8년 동안 무슨 일이 있었을까. 놀랍게도 신라가 당나라와 전쟁을 한 것이다. 도움을 받은 신라가 도움을 준 당나라와 싸운 기간이 8년이다. 고구려 멸망 뒤 당나라가 고구려 지역을 지배하기 위해 이른바 도호부를 설치했다. 평양의 안동도호부를 비롯하여 안서도호부, 북정도호부 등을 곳곳에 세웠는데, 그것은 고구려 유민들을 통치하기 위한 일종의 군정기관이었다. 이것이 바로 당나라가 왜 신라를 도왔는가에 대한 대답이다. 신라를 위해 도운 게 아니라 그들의 영토를 넓히기 위해 신라와 연합한 것이다.

신라, 고구려, 백제는 우리 종족인 한족과 예맥족이 주류를 이루는 분리된 우리나라들이었다. 하지만 당나라는 신라를 돕기 위한 게 아니고 우리 종족을 지배할 목적으로 신라와 손을 잡은 것이다. 멸망한 고구려의 옛 땅에 도호부를 설치하여 고구려 유민들을 보호하는 척하면서 궁극적으로는 고구려 영토를 그들이 차지하려는 음흉한 저의가 있었다. 8년간의 긴 전쟁에서 불리했던 당나라가 676년 2월에 도호부를 철거함으로써 신라가 삼국통일을 비로소 달성한 것이다. 그러나 통일신라가 고구려의 옛 영토를 온전하게 수용했을까? 만약 그랬다면 우리나라의 영토가 지금의 몇 배는 더 컸을 것이다. 고구려의 영토가 얼마나 넓었는가. 당나라가 설치한 도호부가 676년에 철거하긴 했지만, 그 뒤 통일신라가 광활했던 고구려의 영토를 제대로 접수하지 못했다. 결국 당나라와 신라의 힘의 흥정에 의해 그 넓었던 우리 영토를 잃고 만 것이 아닌가. 우리 민족의 뼈저린 아픔이 느껴진다. 다른 나라의 도움이란 이렇듯 처절한 결과를 가져옴을 우리의 역사가 웅변해 준다.

대학원에 중국 유학생들이 꽤 많았다. 처음 만나서 나는 그 중국 학생들에게 만주 일대가 지금은 중국 영토에 속해 있지만, 옛날 고구려 때는 우리 영토였으니 언젠가 한국에 돌려줘야 한다고 했다. 내 말을 들은 그들은 도무지 무슨 얘긴지 알 수 없다는 눈치였다. 그 학생들은 그런 역사를 배운 적도 없고 또 이해가 잘 되지 않는다고 하기에, 나는 수업내용과 무관한 한국과 중국의 역사 이야기로 한 시간을 보냈다. 지금 대한민국의 국력이 중국보다 현저히 앞서 있다면 내 얘기의 실현이 과연 불가능할까? 중국이 우리의 옛 영토를 강점하고 있음에도 힘이 약한 우리는 아무 말도 못하고 지낸다. 그때 당나라의 도움을 받지 않은 통일신라를 상상해 보자. 우리는 아마 훨씬 더 큰 나라에 사는 국민이 되었을 것이다. 그리고 우리 역사는 크게 달라졌을 것이고, 오늘날과 같은 어려움은 겪지 않을 것이다. 다른 나라의 도움이 때론 필요하겠지만, 그 대가는 상상을 초월할 만큼 큰 것이다.

그로부터 900여 년이 지난 조선 선조 때 일본이 침략하여 무려 7년간의 전쟁을 겪었다. 머리 좋은 신하들의 충언을 왕이 외면한 결과였다. 무방비 상태의 조선이 파죽지세로 쳐들어오는 일본군에 대항하기란 역부족이었다. 조선의 영토는 쑥대밭이 되었고 일본의 조선인에 대한 유린은 극에 달했다. 조선은 어쩔 수 없이 명나라에 도움을 청하여 40만 원군의 지원을 받음으로써 겨우 조선의 명맥을 유지할 수 있게 되었다. 지원군으로 온 명나라 군사령관 이여송이 한양에 머물면서, 조선의 고위 관리들에게 보인 행패는 실로 말로 표현할 수 없을 정도였다. 그때 침략을 받은 조선을 배제한 채 명나라와 일본이 벌인 협상은 엄청난 우리의 치욕이었다. 힘이 없는 나라의 비애가 얼마나 큰가를 똑똑히 보여준다. 임진왜란 때 도움을 받은 조선이 명나라에 치른 대가는 그런 정도로 끝나지 않았다. 그 전쟁이 종식된 뒤 명나라의 부당한 요구가 계속되었다. 그것이 힘없는 조선에 올가미가 되어 또 다른 전란을 초래하고 말았다.

15대 광해군은 임진왜란 때 세자 신분으로 곳곳의 전쟁터를 누비면서 지휘하고 격려한 경험을 가졌다. 선조의 뒤를 이어 왕이 된 광해군은 임란의 뼈저린 경험을 바탕으로 전쟁을 피해가는 어려운 외교적 수완을 발휘했다. 1616년에 건국한 청나라(처음에는 후금)가 빠른 속도로 세력을 확장해 가는 상황에서, 광해군은 명나라와 청나라 사이의 등거리 외교를 펼쳐야 했다. 조선에 대한 명나라의 원군 압박에 적절하게 대응하는 한편, 청나라의 화친요청을 유연하게 처리하는 외교력을 발휘함으로써 조선의 안위를 힘겹게 지켜나갔다. 광해군은 무슨 방법으로든 전쟁만은 반드시 막아야 한다는 것이, 그가 세자 때 긴 전란에서 얻은 교훈이었을 것이다. 하지만 광폭해진 광해군을 몰아내고 졸지에 왕위에 오른 인조는 친명배청 정책에 매달리다가 정묘호란과 병자호란을 자초하고 말았다. 조선이 살아남을 지혜를 모으지 못한 채 명과 청의 고래 싸움에 새우등이 터지는 격이 되었다. 광해군을 밀어내고 왕위를 차지한 인조와 그 세력들이 억지로라도 광해군과 다른 외교정책을 고집한 무지의 결과였다고 할까. 인조는 선조와 마찬가지로 왕재교육王才教育을 제대로 받지 못했다. 청나라의 군사력에 밀리는 명나라를 직시하지 못한 인조의 무지와 조정의 주체적 외교력 부재가 두 번의 전쟁으로 나타났다. 조선이 임진왜란 때 명나라의 도움을 받지 않았더라면 과연 정묘호란과 병자호란이 일어났을까? 문제는 임진왜란 때 명나라의 도움을 받은 것이 조선에 족쇄가 된 것이다. 그렇지 않았다면 조선이 명나라의 강압적인 원군요청을 받지 않았을 것이다. 그리고 조선이 청나라와 자연스럽게 친교를 맺었을 것이고 또한 그들의 침략을 받지도 않았을 것이다. 선조 때 임진왜란을 당하여 명나라의 도움을 받은 것이 수십 년 뒤 인조 때 가서 두 번이나 그 대가를 혹독하게 치르게 될 줄 누가 알았겠는가. 자국의 힘이 없을 경우 타국의 힘을 빌려서라도 나라의 주권을 지키는 일이 통치자의 책무라 하더라도, 그 대가는 너무나 처절할 만큼 크고 심각했다. 임진왜란, 정묘호란, 병자호란이 모두 시대흐름과 국제정세를 제대로 읽지 못한 무능한 왕이 지배한 시기에 일어난 전쟁이고, 그에 따라 나라와 국민을 힘들게 한 비극적인 우리의 역사다.

조선은 순조가 왕이 된 이후부터 사양길에 접어들어 1910년 공식적으로 국권을 상실하기까지 꼭 110년이 걸렸다. 그러나 1895년 을미사변으로 명성왕후가 일본군에 의해 시해된 사실로 보면, 실질적인 조선의 국권상실은 그보다 훨씬 이전이다. 일제가 실제로 조선을 강점한 것은 50년이 넘는다. 그 사이 안중근 의사와 같은 민족의 영웅을 비롯하여 실로 이름 모르는 수많은 영웅들이 나라 광복을 위해 목숨을 바쳤다. 지금껏 독립운동의 역사가 담긴, 이른바 '독립운동사전' 하나 만들지 못한 우리가 선열들께 면목이 없고 부끄러울 뿐이다. 2015년은 나라를 되찾은 지 70년이 되는 해다. 그 동안 숱한 수난과 영광이 교차해 왔다. 광복은 되었지만 강대국에 의해 신탁통치를 받았고, 남북이 분단된 채 동족끼리 엄청난 전쟁을 치렀다. 그때 중국의 70만 원군이 북한을 지원했는데, 한반도가 적화통일되면 중국이 지배하려는 모택동의 저의가 없었을까. 유엔군이 없었다면 어떻게 되었을까. 생각만 해도 아찔하다.

우리는 온갖 고난을 딛고 산업화와 민주화를 이루었다. 설익은 산업화와 민주화이긴 하지만, 지금 대한민국은 세계 많은 나라의 선망의 대상이 된 상태다. 그러나 우리는 70년간이나 분단국으로 살아왔다. 이것이 자력으로 광복하지 못하고 남의 도움을 받은 우리 민족의 아픔이고 대가란 말인가. 아직도 야욕에 찬 주변국들이 우리의 운명을 요리하려고 하지 않는가. 절대 용납될 수 없는 일이다. 우리는 하루빨리 민족의 분단을 청산하고 통일대한민국을 만들어야 한다. 그래서 우리의 주권을 온전히 행사하고 성숙한 산업화와 민주화를 이룩해야 할 것이다.

세계 2차 대전에서 연합군이 승리한 덕택으로 약소국들

이 풀려났다. 1943년 카이로회담에서 한국독립이 논의되었고, 포츠담회담을 거쳐 1945년 12월 모스크바 3상회의에서 한국에 대한 미·소의 분할 통치에 합의했다. 외세에 의해 해방된 우리가 민족의 자주성을 발휘하지 못한 채 어쩔 수 없이 강국들에 의해 국토가 분단되는 비운을 맞아야 했다. 1945년 우리 자력으로 나라를 되찾았다면, 과연 나라가 분단되었을까? 강국의 도움과 횡포에 의한 나라의 해방과 분단이 우리 민족에게 행과 불행을 차례로 안겨주었다. 우리 민족의 통일을 실현하기 위해 모두가 자각해야 한다. 강한 나라만 살아남는 것이 오늘의 냉엄한 국제질서다. 아니, 이것은 긴 인류 역사의 가르침이다. 남북의 통일을 위해서도, 통일 한국의 미래를 위해서도 반드시 힘을 길러야 한다. 우리는 국론을 하나로 모아 강력한 대한민국을 만들어야 한다. 이것이 민족의 생존과 나라의 보전을 위한 유일한 길이다. 프랑스의 파스칼은 《팡세》에서 '힘이 없는 정의는 무능이고 정의 없는 힘은 폭력이다.' 라고 하지 않았던가.

진포해전과 석등

진포해전과 석등은 모두 일본과 관련된 우리의 역사다. 진포해전은 고려 말 왜구들이 금강하구 해안에 침략해서 벌어진 전쟁이고, 석등은 본디 우리 것인데 일제강점기에 일본인이 소유하다가 미처 가져가지 못하고 버려진 조상들의 유물이다.

진포해전이 있었던 고려 말엽으로 거슬러 올라가 보자. 그때도 왜구들이 우리 해안으로 수백 번 쳐들어왔다. 그런데도 그 뒤 조선 선조 때 7년간이나 겪은 임진왜란이라는 큰 전쟁에 가리어 고려시대 왜구의 침략에 대해선 크게 관심을 받지 못해 왔다. 13세기 초 왜구들이 동해로, 남해로,

서해로 무시로 쳐들어와서 식량약탈을 일삼았다. 진포는 금강 어구에 위치한 군산의 옛 이름이다. 진포해전은 고려 우왕 6년 진포 앞바다에서 고려의 군함 100척이 왜구 군함 500척을 상대하여 크게 승리한 전쟁이다. 당시 고려군의 주역은 최무선 장군인데, 장군은 일찍이 원나라에 가서 화약 제조법을 배워왔다. 어릴 때부터 과학기술에 관심이 많았던 장군은, 화약무기를 개발하지 않고는 무시로 침입해서 고려 사람들에게 온갖 만행을 저지르는 왜구들을 격퇴하기 어렵다고 판단했다. 장군의 적극적인 발의로 '화통도감' 이라는 관청이 세워졌고, 거기서 화약을 이용하여 무려 18가지의 화약 무기를 개발했다고 한다. 그중에서 가장 큰 위력을 발휘한 무기가 함포다. 마침 진포해전이 발발하자 부원수로 참전한 최무선 장군은 자신이 개발한 함포를 실전에 사용함으로써, 우리보다 5배나 많은 왜구의 함정을 모두 섬멸할 수 있었다. 장군은 왜구들이 우리 땅에 상륙하기 이전에 바다에서 미리 막지 않으면 그 폐해가 극심해질 것이라고 예측했다. 실제로 그의 전략구상대로 진포해전을 승리로 이끌었고, 끝내 왜구들의 상륙을 저지할 수 있었다. 그때 우리에게 함포가 없었다면 적은 숫자의 우리 함정으로 어떻게 그 많은 왜군 함정을 당해낼 수 있었겠는가. 이런 최무선 장군의 전략은 약 2백년 뒤 조선의 임진왜란 때 충무공이 바다에서 왜구를 무찌른 전술과 전략의 원류가 되었는지도 모른다.

최무선 장군은 군인이면서 뛰어난 발명가였다. 장군이 발명한 함포는 세계 최초로 해전에 사용되었다. 그럼에도 우리는 그런 역사적 사실을 학교에서 제대로 배우지 못했다. 함포가 세계 최초로 해전에 사용된 것은 1571년 레판토 해전이라 알고 있다. 그 전쟁은 터키의 오스만 제국군이 지중해에서 스페인군과 벌인 해전인데, 오스만 제국군이 패한 전쟁이다. 그런데 최무선 장군이 개발한 함포를 해전에 사용한 것은 그보다 약 200년이나 앞선 시기였다. 역사가 아무리 강자의 몫이라고들 하지만, 약소국이라는 한계 때문에 분명한 우리의 역사적 사실을 모른 체하고 지나쳐 버리는 것은 무책임하다. 역사를 모르는 민족은 미래가 없다고 하지 않는가. 지금이라도 세계 최초로 함포를 사용한 것은 14세기 말경 고려의 진포해전이었다는 사실을 세계사 시간에 가르쳐야 할 것이다. 우리 역사는 우리가 지켜야 한다. 어떤 경우에도 남에게 의존할 수 없다. 21세기 초의 대한민국이 처한 현실이 실로 엄중하다. 최무선 장군의 고향인 경북 영천시 금호읍에는 장군의 애국심과 과학정신을 기리고, 또 후세 교육을 위해 세워진 '최무선 과학관' 과 '최무선 숭모기념비' 가 세워져 있다. 최무선 과학관에는 '화약의 아버지 최무선' , '발명가 최무선' 이라는 문구가 큼직하게 씌어 있다. 다행히 이곳은 어린 학생들의 창의성 교육과 애국심 함양의 교육장으로 널리 활용되고 있다.

고려 말엽 이성계 장군 일파가 실권을 잡으면서 반대파의 공격이 두려워 '화통도감' 을 폐지했다. 더 이상 뜻을 이루지 못한 최무선 장군은《화포섬석도》,《화약수련법》,《화포법》등의 책을 저술하였고, 아들에게 물려줄 것을 유언으로 남기고 생을 마감했다. 그 이후 조선 태종 때는 그의 아들 최해산이 등용되어 화약을 이용한 무기개발에 전념하여 공을 세우게 되는데, 이는 최무선 장군의 숭고한 뜻이 조선에까지 계승되었음을 말해 준다. 하지만 아쉽게도 최무선 장군이 저술했다는 책들은 지금 전해지지 않는다. 최근 우리의 방위산업 분야에 관여한 사람들의 일부가 업무와 관련된 군사기밀을 누설하거나 부정비리를 저질렀다는 보도가 있었는데, 저 세상에서 이런 소식을 접한 최무선 장군이 통탄하지 않았을까. 더 이상 그런 일이 일어나지 않기를 바란다. 진포해전이 벌어진 지 600여 년이 지났지만, 이곳 군산에 와 보니 장군의 애국충정의 정신이 우리들에게 크나큰 경종을 울리는 것만 같다. 어제 나라를 지킨 최무선 장군이 오늘은 우리의 위대한 선생님이다. 그때 나라를 지킨 장군의 높은 뜻을 이어받지 못한다면 우리 역사는 누가 지켜주겠는가.

석등은 우리나라 도처에서 볼 수 있다. 삼국시대와 고려시대에도 석등이 있었다. 궁궐이나 왕릉 그리고 사찰이나 개인 정원 등에도 많다. 우리나라 도처에 많이 남아 있는 석등은 과거 우리 조상들의 열린 마음을 알려준다. 불은 어둠을 밝혀준다. 어둠은 자연계의 현상이기도 하고 사람의 마음 상태이기도 하다. 우리 조상들은 이 모두를 환하게 밝히기 위해 정성을 모아 석등을 만들었을 것이다. 밤에는 어둠을 밝히기 위해 석등을 켰을 테지만, 한편으로는 인생길을 헤매는 사람들의 마음 세계를 밝히는 상징이기도 했을 것이다.

그런데 군산시 개정면 발산초등학교 건물 뒤편에 있는 석등은 어떤가. 이 석등은 본디 자리에서 제 기능을 발하지 못하고 아주 엉뚱한 곳에서 그냥 서 있다. 주변의 환경과는 전혀 어울리지 않는다. 너무나 초라한 모습의 석등이다. 석등을 만나는 순간 먼저 안쓰러운 생각부터 들었다. 누가 이렇게 만들었는가. 일본에 가 있지 않은 것이 그나마 다행이다. 누군가의 따뜻한 손길을 기다리고 있는 석등이다. 임진왜란과 일제강점기는 물론 수없이 침략한 왜구들이 약탈해 간 우리의 귀중한 문화재가 얼마나 많은지, 그 수를 헤아리기도 어렵다. 모두가 소중한 우리 문화재인데, 지키지 못한 우리가 조상님들께 면목이 없다. 어쩌면 우리가 만난 이 석등은 운이 좋다고 할까. 아니면 우리가 운이 좋은 것일까. 이 세상 무엇이든 그것이 놓여야 할 자리에 있지 않으면 그 존재가치가 상실되고 만다. 교정 뒤쪽 모퉁이에 버려진 석등은 어둠을 밝히지도 못하고 사람들의 마음을 밝히지도 못한다. 그저 그곳에서 외로움을 달래고 있을 뿐이다. 그러나 이 석등을 다시 본디 자리로 옮겨놓는다면 그 기능을 제대로 발휘하지 않을까.

거기에는 석탑, 돌짐승, 석등 4개가 나란하게 서 있다. 둘째와 넷째 석등에 마음이 끌렸다. 첫째 석등은 키가 크고 화려한 무늬가 새겨져 있고, 셋째 석등은 너무 미끈하게 다듬어져서 둘 다 친근감이 떨어진다. 나지막하고 투박하게 생긴 두 석등에 왠지 눈이 자주 갔다. 이쪽에서 보고 저쪽에서 보고 어느 쪽에서 보아도 자연 그대로의 석등이다. 조상의 숨결이 깃든 석등이다. 그때와 지금의 시간적 거리가 사라진 듯하다. 순박한 석공의 손끝 체온이 아직도 떠나지 않았다. 사람이 만든 석등이건만 인위적인 기교는 별로 드러나지 않는다. 작은 키에 꾸밈이 없는 사각모양의 몸통이다. 거기다 어울리지 않게 큼직한 모자를 쓰고 있다. 큰 모자에 몸통이 눌릴 것만 같은 불균형의 아름다움을 간직하고 있다고 할까. 석등이 쓴 모자는 돌로 만든 골이 파인 기왓장 모양과 흡사하다. 어쩌면 담양 소쇄원의 제월당 지붕을 옮겨놓은 듯도 하고, 밋밋한 곡선을 이루는 한국의 산등성이 상단 부분을 잘라서 덮어씌워 놓은 것 같기도 하다. 석등의 상체부분은 사방으로 구멍이 뚫려있다. 큰 모자를 쓰고 있음에도 답답하게 보이지 않는다. 겉은 단조롭게 보이지만 내면은 채워져 있는 석등이다. 누구나 부담 없이 가까이해도 좋을 소박함을 지녔다.

우리 돌로 우리 조상들이 만든 석등인데, 아직도 자리를 찾지 못해 안타깝다. 제 자리를 잃어서다. 이 석등이 있어야 할 자리로 빨리 옮겨야겠다. 그리고 불을 밝히면 세상을 환하게 비출 것이다. 드러난 세련미가 없는 듯하지만, 평범함 그 자체에 색다른 매력을 느끼게 하는 석등이다. 남의 마음을 편안하게 해 주는 사람, 남을 배려하고 나눌 줄 아는 사람, 낮은 자세로 남을 대하는 사람이 모두 여기 석등과 같은 사람들이다.

그 석등이 자꾸 떠오른다. 잠시나마 조상의 정서와 교감한 탓일까. 내 마음에 등불이 없어서일까. 우리들은 모두 마음의 등불이 필요하다. 자신을 밝혀주는 등불은 물론, 이웃과 더불어 서로를 밝혀주고 사회를 밝혀주는 등불이 필요하다. 고려시대 최무선 장군이 바로 우리의 등불이 아닌가.

소현세자와 조선의 근대화

역사에는 내일을 예측할 수 있는 매우 유용한 정보가 담겨 있다. 그리고 오늘을 살아가는 우리에게 많은 암시와 일깨움을 주기도 한다. 대부분의 경우 역사는 승자의 관점에서 기술되기 마련이다. 영국의 줄리안 번스는 그의 소설 《예감은 틀리지 않는다》에서 '역사는 승자의 거짓말' 이라고 기술하였다. 이 말은 상당한 설득력을 가진다.

이를테면 우리나라에서 1961년 5월 16일에 일어난 역사적 사건에 대해 당시에는 군사혁명이라 불렀다. 그러나 뒤에 집권하는 정부에 따라 군사혁명, 군사구데타, 군사정변 등 다양한 용어로 그때의 사건을 규정하고 있다. 이뿐 아니다. 1980년 5월 18일 광주에서 일어난 사건에 대해 당시 정부에서는 민중폭동이라 규정했다. 역시 다른 정권으로 바뀌면서 민중혁명, 민주화운동 등의 용어가 사용되어 왔다. 전자에 대해서는 정치 상황이 바뀜에 따라 부정적인 용어가 자주 사용되는 반면, 후자에 대해서는 시간이 흐름에 따라 긍정적인 용어가 사용되는 경향을 보여준다. 실제로 전자는 사건의 주체들이 당시에 성공했고, 후자는 사건 주체들이 당시에는 성공한 것으로 보기 어려움에도 불구하고 말이다. 우리가 살고 있는 우리 시대에 일어난 큰 역사적 사건들에 대한 그 실상을 우리 자신들도 정확하게 모르는 경우가 적지 않다. 하물며 수백 년 이전에 일어난 사건들에 대한 역사적 기록을 어떻게 이해하고 해석해야 할 것인가는 참으로 힘든 문제가 아닐 수 없다. 그렇다고 역사를 결코 외면할 수 없는 까닭은, 역사가 우리의 분명한 과거이며 내일의 나침반이 되기도 하기 때문이다.

역사적 사건이란 어느 한 가지 개념으로 규정할 수 없는 복합적인 성격을 원천적으로 가지고 있는 것인가? 그럴 것도 같다. 역사의 주인공이 사람이기 때문이다. 공시적으로도 어느 한 대상 세계에 대한 해석이나 느낌이 사람마다 서로 다를 수 있기 때문이다. 따라서 쉽게 해석하기 어렵기 때문에 역사가 우리에게 더 매력적인 과제인지도 모른다. 우리 역사는 우리 조상의 과거 내력의 기록이므로, 우리와 떨어질 수도 없고 또 없애 버릴 수도 없는 운명적인 우리의 것이다. 역사를 어느 한 관점에서 무턱대고 규정할 수 없는 점 때문에, 오히려 우리로서는 우리 역사에 대해 더 열성적으로 접근하게 되는 동기가 되기도 한다. 나이가 들면서 대한민국의 건국과 미래를 자주 생각하게 되고, 따라서 자연스럽게 과거의 우리 역사에 대해 더 큰 관심을 가지게 되었다. 어떤 이념이나 어떤 시대정신에 기대어 우리 역사를 바라보고 해석하느냐의 문제는 역사를 바라보는 매우 중요한 잣대가 될 수 있다. 여기에서 우리는 가능하면 과거의 역사적 사건이 일어난 그때의 시대정신이 과연 무엇이었느냐에 초점을 두고, 우리 역사를 이해하고 해석하는 관점을 견지하려 한다. 하지만 후대에 사는 우리로서 역사에 기록된 사건이 일어난 그때의 시대정신을 헤아리기는 쉽지 않다. 그래서 우리 나름의 관점에서 당대의 앞뒤에 일어난 여러 사건들을 감안하여 그때의 시대정신을 추론하고, 이를 바탕으로 우리가 거론하는 역사적 사건에 비추어 풀어보고자 한다.

조선 27명의 임금 중에서 자신의 아들을 죽인 경우가 두 번 있었다. 16대 인조와 21대 영조가 그 주인공이다. 부모가 자식을 낳는 것은 자연의 순리인데, 자기가 낳은 자식을 죽이는 것은 분명 자연의 순리에 어긋나는 일이다. 유교적 가치를 담고 있는 오륜의 첫째가 부자유친이다. 부모와 자식의 관계는 세상 그 어떤 관계보다 가까울 뿐 아니라 무엇으로도 깰 수 없는 혈연관계이며, 인간사회의 윤리적 기초이기도 하다. 유교적 가치를 신봉한 조선사회에서 임금이 아들을 죽인 것은 가장 모순된 인간윤리라 할 수 있다. 자식이 부모를 해치는 것도 패륜이지만, 부모가 자식을 해치는 것 역시 패륜이다. 자식이 부모를 통해 태어났으나 부모의 개인적 소유가 될 수도 없고 계급적 주종관계도 될 수 없다. 그럼에도 불구하고 자신의 왕권에 순종하지 않거나 또는 자신과 이념의 차이를 노골적으로 드러내는 자식을 임의대로 죽이는 행위는 인륜도덕에도 벗어나고 자연의 순리에도 어긋난다.

조선의 16대 임금인 인조에 의해 희생된 그의 아들 소현세자는 역사적 인물이다. 1636년 12월 청나라가 조선을 침략한 지 불과 한 달여 만에 조선의 왕이 굴욕적으로 항복하고 말았다. 임금과 지배층의 무능으로 말미암아 일어난 민족의 크나큰 비극이 벌어진 것이다. 청나라 군사가 얼어붙은 압록강을 단숨에 건너 한걸음에 한양까지 진입할 때까지, 조선의 군사는 오합지졸로 무방비 상태나 다름없었고, 그나마 곳곳에서 산발적으로 일어난 의병들이 얼마간의 타격을 주었을 뿐이었다고 한다. 1627년 정묘호란 때는 강화로 피난을 갔던 인조가 병자호란을 맞아 강화도 피신이 여의치 않자 가까운 남한산성으로 피신했지만, 곧 바로 청나라 군대에 의해 포로가 되고 말았다. 선조를 닮아서 그런지 전쟁을 피하여 도망가는 데 민첩했던 인조는 힘이 없어서 1637년 1월 청나라에 항복하는 국가적 수모를 당했다. 이른바 '삼전도의 굴욕' 이 그것이다. 인조가 청나라 군대의 지휘부가 있는 삼전도에 마련된 수항단에 나아가 청 태종에게 공식적으로 항복한 뒤, 그에게서 조선 국왕을 용서한다는 칙서를 받았다고 한다. 이런 비극적인 사태가 벌어지기 전까지 조정에서는 국론이 둘로 갈린 채 심각한 토론이 전개되었는데, 청나라와 강화를 할 것인가 아니면 척화를 할 것인가에 대한 논의였다. 강화론을 주장한 대표적 인물은 지천 최명길 선생이고, 척화론을 주장한 대표적 인물은 청음 김상헌 선생이다. 조선 선비들은 명분과 실리를 동시에 지향했지만, 이 두 가지가 충돌할 때는 주저함 없이 명분을 따르는 것을 그들의 자부심으로 삼았다. 그렇다면 당연히 척화론을 주장한 청음 김상헌 선생의 주장을 따라야 할 것인데, 인조는 풍전등화의 위기에 처한 조선을 지키기 위해 강화론을 주장한 지천 최명길 선생을 선택할 수밖에 없었을 것이다. 당시로서는 명분을 버리는 치욕스러운 결정이었겠지만, 나라를 지키기 위해 피할 수 없는 선택이 아니었을까? 만약 그런 선택을 하지 않았더라면 모르긴 해도 인조와 조선이라는 나라가 온전하게 유지될 수 있었을까. 오백년 조선 역사에서 그 당시 청음 선생과 지천 선생만큼 명분과 실리를 놓고 치열하게 토론한 관리가 또 있었을까? 지금 우리의 관점에서는 청음 선생과 지천 선생의 주장이 모두 옳았다고 본다. 팽팽하게 맞선 청음과 지천 두 선비의 격론이 나라를 위한 충정인 점에서는 다르지 않았을 것이다. "내가 옳으면 너도 옳고 내가 그르면 너도 그르다."라고 말한 신라 원효의 화쟁사상에 잘 들어맞는 두 충신의 논쟁이었다.

1627년 정묘호란 때에도 후금(뒤에 청)과 우호적인 외교관계를 맺을 것을 주장하여 조선과 후금이 형제관계를 맺고 조선이 명나라에는 원군을 보내지 않는다는 조건으로 겨우 전쟁을 종식시켰다. 그로부터 9년 뒤의 병자호란에 임해서는 청나라와 우호조약 정도가 아니라 군신지간의 조약을 맺지 않고는 무력한 조선이 결코 온전하게 지탱할 수 없었던 것이다. 그때 지천 선생은 명나라는 이미 국력이 기울어져 가는 나라이고, 청나라는 한창 세력을 뻗쳐나가는 나라임을 정확하게 읽고 있었을 것이다. 반면 청음 선생은 임진왜란 때 명나라의 원군에 힘입어 왜국의 침략으로부터 조선을 지킨 것에 대한 의리를 저버릴 수 없는 두 나라 사이의 외교적 관계를 내세웠을 것이다. 또 야만족과 다름없는 여진이 세운 청나라와는 친교관계를 맺을 수 없으며, 긴 역사를 가진 문화국가인 조선의 명예를 훼손할 수 없다는 것이 청음 선생의 명분이 아니었을까?

조선의 인조가 굴욕적으로 항복했음에도 청나라에서는 강제적으로 세자와 대군을 비롯하여 그들과의 강화에 반대한 조정 대신들과 그 밖의 많은 조선인들을 청나라에 볼모로 데려가려고 압박했다. 그런 청나라의 강압과 요구에 대한 대응방안이 심각하게 논의되는 중에 소현세자가 스스로 청나라 볼모로 가겠다고 자원함으로써 병자호란의 마지막 뒷부분이 겨우 정리되었다고 한다. 그에 따라 소현세자와 세자빈 강 씨 그리고 세손과 봉림대군은 물론이고 척화를 주장한 관리들, 또 조선 민간인들과 함께 수많은 남녀 노비들까지 청나라 수도인 심양에 끌려갔다. 그때 볼모로 잡혀간 조선인의 숫자가 수십만을 헤아린다고 하니 그 수난이 얼마나 극심했는지 짐작이 간다. 그 이후에도 척화파 청음 김상헌 선생을 비롯하여 강화에 반대한 관리들이 심양으로 끌려갔으며, 그들과 화해하기를 주장한 지천 최명길 선생까지도 그들 몰래 명나라와 교류한 죄목으로 심양에 잡혀가서 감옥살이를 했다. 두 선생이 처음에는 떨어진 감옥에 수감되었으나, 나중에는 같은 감옥에서 벽을 사이에 둔 채 서로 교류가 가능했다고 한다. 먼저 청음 선생이 시를 써서 지천 선생에게 화해의 뜻을 전하였고, 이에 지천 선생이 화답하는 시를 청음 선생에게 보냄으로써 두 분은 서로 막혔던 마음을 풀었다고 한다. 지천 선생보다 16세가 더 많은 청음 선생이 보여준 어질게 포용하는 마음이 곧 조선 선비의 관용정신이었으리라. 이것이 조선의 선비들이 평소 수신하고 덕을 쌓고, 그리고 학문을 연마하고 지조를 지킴으로써 선비의 자부심을 지키는 길이었을 것이다. 청나라의 침략을 당해 나라를 구하기 위해 서로 대립한 청음 김상헌 선생과 지천 최명길 선생이 멀고 먼 청나라의 수도 심양감옥에서 의기투합한 그 기개가 바로 조선의 진정한 선비정신이 아니었을까. 소현세자와 세자빈이 남의 나라에 끌려가서 비참한 생활을 하게 된 것은 그들 자신의 잘못 때문이 아니고, 그의 아버지 인조와 조정의 무능에서 비롯된 치욕적인 일이었다. 그렇지만 소현세자가 청나라 심양까지 잡혀가서 볼모생활을 시작하면서부터 조선과 청나라의 외교 문제에 자연스럽게 관여함으로써 두 나라 사이의 관계에 대해 매우 구체적으로 학습할 절호의 기회가 되었을 것이다. 그리고 청나라에서 생활이 수년 동안 길어지면서 매우 힘든 가운데서도 청나라 문물과 제도 전반에 대한 안목의 폭을 넓혔을 것이다. 이런 것들은 실제로 소현세자에게 있어서 세자로서의 자질을 키워나가는 긍정적인 계기가 되었을 것이고, 동아시아 여러 나라 간의 힘의 역학관계를 인지하고 또한 그런 속에서 조선의 생존을 위한 길이 무엇인가에 대해서도 깊이 고민했을 것이다. 소현세자 외에 조선의 어느 왕세자가 일찍이 다른 나라에 나가서 그 나라의 문물제도와 국제적 상황 등을 잠시나마 살필 수 있는 기회를 가진 세자가 있었던가?

머나먼 남의 나라에서 조선의 왕세자로서 겪은 굴욕적인 삶이야 어찌 말로 다 표현할 수 있었을까마는, 그 모든 것을 부정적인 관점에서만 볼 것이 아니라 긍정적인 관점도 없지 않았을 것이다. 즉 소현세자가 청나라에서 경험한 모든 일들이, 그가 만약 조선의 다음 왕이 되었더라면 국정을 수행하는데 있어서 상당한 정치적 자산이 되었을 것이라는 점이다. 어쩌면 소현세자는 긴 기간 동안의 볼모생활을 통해, 명나라보다 약 250년이나 늦은 1616년에 후금으로 시작한 청나라가 급속한 국력의 신장과 함께 서양과의 광범한 교류로 새로운 문물의 수입은 물론 근대화한 기술력과 군사력을 가지게 된 바탕에 대해 많은 정보를 자세하게 습득했을 것이다. 그래서 그는 마음으로 자신이 다음 왕위에 올랐을 때를 상정해서 조선을 어떻게 이끌어야 할 것인가에 대한 전향적인 구상을 했을 것으로 추측된다. 만약 소현세자가 그런 구상을 했다면, 그리고 그가 조선의 왕위에 올랐더라면 조선은 과연 어떤 나라로 변신했을까?

역사에 가정이 있을 수 없다고 말하지만, 조선의 근대화가 앞당겨지는 엄청난 역사적 변혁이 이루어지지 않았을까. 소현세자가 인조 다음의 왕위에 등극했더라면 그에 의해 조선의 근대화가 어느 정도 실현되었을 것이라고 희미하게나마 그려본다. 다시 그 즈음의 조선으로 돌아가 보자. 조선은 7년간의 임진왜란을 겪으면서 나라 전체가 초토화되었고, 그로부터 29년 후 정묘호란을 치르고 다시 9년 뒤에 병자호란을 거치면서 민생은 도탄에 빠졌으며, 감추어졌던 양반 사대부의 무능이 조금씩 표면적으로 드러나게 되었다. 그리고 선조와 인조 시대에 왜국과 청나라의 침략을 당하면서 조선이 대응한 전략은 무능 그 자체나 다름이 없었으며, 임진왜란 이후 명나라의 무례한 요구는 조선의 국력으로는 감당하기 어려웠을 것이다. 따라서 조선이 온전한 국가로 유지하기 위해 무엇을 어떻게 추구해야 할 것인가에 대한 최고 권력자의 획기적인 인식전환이 요구되는 심각한 상황이었을 것이다. 이를테면 소수 지배층을 위한 나라가 아니라 다수 백성 중심의 나라로의 대전환, 그리고 힘이 없는 나라는 독립된 국가로서 존재할 수 없는 냉정한 국제적 현실에 대한 올바른 인식 등이 요구되는 절박한 시대적 상황이었다. 이것이 바로 당시의 시대정신이요 역사적 물줄기가 아니었을까? 그런 시대정신을 구현할 수 있는 인물은 다음 대통을 이어갈 소현세자였고, 어쩌면 그는 그런 시대정신을 체감하고 있었을는지 모른다. 그러나 불행하게도 그때 조선의 역사는 그를 외면하고 말았다.

소현세자는 1637년 2월부터 청나라가 명나라를 멸망시킨 1644년 다음 해까지 긴긴 8년여 동안의 볼모생활에서 겨우 풀려나 조선으로 돌아왔다. 그러나 그는 귀국 후 두 달 만에 충격적인 죽임을 당했다. 귀빈 조 씨가 추천한 것으로 알려진 어의가 놓은 침에 의해 서른네 살 나이에 처참하게 눈을 감고 말았다. 인조는 소현세자에게 침술을 가한 그 어의에게 책임을 물어야 한다는 조정 대신들의 간언을 일축하고, 오히려 소현세자의 죽음에 대한 원인규명을 논하는 자에게 엄벌을 가할 것이라고 천명했다. 그리고 놀랍게도 세자의 장례를 일반 백성에 준하여 치르게 하고, 상례에는 소수 종실사람에게 국한하여 관여토록 했다. 소현세자의 죽음과 장례에 대해 인조가 직접 하명한 이 모든 일들은 어느 누구도 이해할 수 없는 파격적 조치였다. 《조선왕조실록》에는 인조가 어의에게 명하여 소현세자를 죽였다는 기록이 나오지 않지만, 인조가 취한 소현세자의 사후 조치들을 헤아려보면 그의 죽음이 아버지 인조에 의해 저질러진 비인륜적 사건임에 의심의 여지가 없다. 인조의 패륜은 여기에서 멈추지 않았다. 소현세자가 비명에 간 뒤 서른다섯 살의 세자빈 강 씨에게는 왕을 죽이려 한 누명을 덮어씌워 사약을 받게 하고, 그 친정 가족들까지도 죽였다. 나이 어린 세손들은 모두 제주로 귀양을 보냈다. 세손 둘은 거기서 병으로 죽고 한 세손은 삼촌인 봉림대군에 의해 겨우 살아남았다. 할아버지 인조의 눈에 넣어도 아깝지 않을 어린 세손들까지 처절하게 응징한 것은 인간으로서는 도저히 이해할 수 없는 패륜의 극치가 아닐 수 없다. 그것은 가족의 비극이요 조선 역사의 비극이었다.

청나라 심양에서 소현세자가 조선의 외교정치에 주로 관여했다면, 세자빈 강 씨는 남편과는 달리 경제문제에 관심을 갖고 뛰어난 경영수완을 발휘했다고 한다. 당시 심양으로 잡혀간 많은 조선인들이 대부분 청나라의 노비로 살아갔는데, 세자빈 강 씨가 돈을 마련하여 그 노비들을 조선인으로 복귀시켰다는 것이다. 세자빈 강 씨는 그 많은 돈을 벌기 위해 당시로는 아무나 생각하기 힘든 무역을 했다. 조선의 특산물을 청나라 고관들에게 팔아서 남는 돈으로 청나라의 노비로 지내는 조선 사람들을 구제하는 데 사용했다고 한다. 참으로 놀라운 일이 아닐 수 없다. 볼모로 잡혀가서 생활하는 세자빈이 청나라 관리들의 노비로 살아가는 조선인들을 구하기 위해 조선과 청나라의 특산물을 이용하여 무역까지 실행한 것이다. 세자빈의 뛰어난 안목과 소중한 경험 그리고 알뜰한 마음이 놀랍기만 하다. 세자빈 강 씨가 훗날 조선의 왕비가 되었더라면 조선 백성들의 삶에 얼마나 따뜻한 관심을 기울였을까.

《인조실록》 23년 6월에 인조가 세자와 세자빈이 자신을 폐하려는 의도를 의심하고 불만이 고조되어 갔다는 기록이 나온다. 이것으로 미루어 볼 때 인조가 소현세자와 세자빈을 신뢰하지 않았음이 분명하고, 그에 따라 세자와 세자빈 그리고 세손들까지 인조가 직접 명하여 모두 죽였을 것이다. 보통 세자가 왕위를 이을 수 없는 상황에서는 세손에게 그 자리를 넘겨주는 것이 조선의 왕위 계승의 관행인데, 인조는 그 어린 세손들까지 모두 없애버리려 했으니 세상에서 가장 못나고 무서운 할아버지였다. 인조는 수신과 학문을 제대로 하지 못한 채 야심 가득한 서인들의 반정에 힘입어 얼떨결에 임금이 되었으니, 무엇이든 온전하게 처리할 수 있었을까마는 인륜을 저버린 한 인간임에 틀림없다. 아버지를 대신해 그 긴 볼모생활을 끝내고 겨우 돌아온 아들을 다음 왕위에 올리지는 못할망정 아들의 가족 모두를 저세상으로 보낸 그 장본인이 당시의 시대정신이 무엇인지 상상이나 했을까. 그리고 왕으로서 자신의 잘못이 무엇인지 알기나 했을까?

만약 소현세자가 조선의 17대 왕이 되었더라면, 조선의 근대화는 17세기 중후반에 시동이 걸렸을 가능성이 없지 않다. 그 즈음 전쟁과 같은 위기에 처했을 때 양반사대부들이 제대로 대응하지 못함으로써 백성들은 관리들의 무능을 차츰 인식하게 되었고, 오히려 일반 백성들이 적군과 더 잘 싸울 수 있는 능력을 가지고 있음을 깨달았을 것이다. 그리고 현실에 맞지 않는 공허하고 관념적인 공리공론의 이론 공부에만 매달려 있는 다수 선비들의 위선적 태도와 무기력이 표면적으로 드러나기 시작한 때였다. 일반 백성들이 차츰 자신들의 존재가치를 스스로 깨닫게 됨으로써 그들도 사대부들과 마찬가지로 나라의 중심역할을 할 수 있을 것이라는 자각이 싹트고 있었을 것이다. 이러한 시대적 변화가 태동하고 있을 때에 맞춰서, 청나라의 문물과 제도는 물론이고 국제적인 힘의 역학관계 등을 잘 알고 있을 소현세자와 같은 사람이 조선의 왕이 되었더라면 조선의 근대화가 점진적으로 전개되지 않았을까? 물론 당시 서인 중심의 정치세력을 몰아내고 어떻게 자신의 비전을 펼칠 수 있는 통치기반을 확립할 것인가는 전적으로 그의 몫이었겠지만. 소현세자는 병자호란으로 말미암아 자신도 다른 나라에서 엄청난 고초를 겪었다. 그리고 다른 세상에 대한 안목을 넓히는 선진적 경험을 통해, 조선을 어떻게 이끌어나가야 할 것인가에 대해 그 나름으로 구상하고 있었을 것이다. 그는 선조 때의 임진왜란과 인조 때의 정묘호란, 병자호란 등의 전란 속에서 백성들의 삶이 얼마나 피폐해지고 아픔이 깊은가를 긴 볼모생활을 통해 누구보다 잘 알고 있었을 것이다. 아마 그도 《논어》에 "백성의 믿음 없이는 나라를 바르게 세울 수 없다."는 구절을 읽었으리라.

그리고 그는 조선의 백성들이 그 이전의 조선과 다른 조선을 마음으로 갈망하고 있음을 조금은 헤아리고 있었을는지 모른다. 오랜 기간 동안 봉건국가로 살아온 조선의 근대화가 결코 쉬운 일은 아니었을 것이다. 하지만 왕이 나라의 지표를 근대성으로 설정하고 새로운 통치 질서를 세우고 국가경영의 틀을 획기적으로 바꾸어 나갔다면, 조선의 근대화가 불가능하지도 않았을 것이다. 이미 많은 백성들의 가슴에는 막연하게나마 변화된 조선을 은밀하게 갈구하고 있었을 것이기 때문이다. 《민족문화백과대사전》에는 조선 근대화의 기점을 18세기 영·정조시대, 1860년 동학의 창시, 1894년 갑오경장 등 여러 시점으로 기술하고 있으나, 우리는 적어도 17세기 중반까지 소급되어야 한다고 본다. 왜냐하면 1592년부터 7년간이나 지속된 임진왜란 기간에 일반 백성들에 의해 산발적으로 일어난 수많은 의병과 승병의 힘이 관군에 큰 도움이 된 것은 엄연한 사실이었다. 그리고 그것은 곧 백성들의 민족적 자아의식의 발로에서 비롯된 자기방어권이며 자율적 주인의식의 소산이라고 볼 수 있기 때문이다. 그 뒤의 정묘호란이나 병자호란 때는 임진왜란 때만큼은 아니더라도 산발적으로 일어난 의병들의 전

투는 이어졌다. 이러한 일련의 변화가 지배층에서부터가 아니라 피지배층인 일반 백성들에게서 일어났다는 사실에서 근대성의 가치를 인정하지 않을 수 없다. 한편 관직을 수행한 선비들 중에서 자주의식을 드러낸 경우가 없지 않았다. '지행합일'을 주창한 양명학이 조선에 들어오기 이전, 이미 조선에서 삼봉 정도전 선생, 율곡 이이 선생, 오리 이원익 선생과 같은 학자들은 나라의 존재이유가 민생에 있음을 강조하고 이를 몸소 실현하려고 노력했다. 그리고 대전란을 당한 뒤 우리 민족이 앞으로 어떻게 살아가야 할 것인가를 《징비록》에 기록한 서애 류성룡 선생과 한음 이덕형 선생도 민생과 국방이 우선임을 힘주어 강조했다. 물론 그 당시는 성리학이 조선의 대부분 선비들에게 금과옥조처럼 여겨졌던 사실은 말할 것도 없겠지만, 효종 때의 김육 선생, 숙종 때의 윤휴 선생처럼 선진의식을 가진 선비가 적지 않게 있었다.

이렇게 조선은 몇 번의 비극적인 전쟁을 거치면서 저층에서부터 근대화의 씨앗이 싹트고 있었다. 왜국과 청국으로부터 여러 번 침략을 당했을 때 도망치거나 주저앉지 않고 의연히 뭉쳐서 의병이나 승병을 일으킨 사람들은 바로 일반 백성들이 아니었던가. 또한 관직을 수행하던 선비들

중에 민생 중심의 정치를 갈구하는 사람이 많았다. 그리고 17세기 후반에는 공리공담을 지양하고 정치, 경제, 제도, 민생 전반에 대해 실천적 학문을 주장하는 실학자들이 줄지어 나타났다. 따라서 최고 통치자인 왕이 국제적인 안목을 가지고 선진 문물을 받아들여 민생 중심의 정치를 적극 실현하려 했더라면, 당시에 조선의 근대화가 어느 정도는 가능했을 것이라 믿는다. 거기에 가장 적합한 인물이 바로 소현세자였다. 볼모로 끌려가 청나라에서 오랜 기간 힘들게 생활하며 습득한 국제 정치적 식견과 서구문물에 대한 지식 그리고 굴욕적인 조선의 현실에 대해 각별한 통찰력을 가졌을 소현세자가 조선의 근대화를 주도할 수 있는 적임자가 아니었을까? 하지만 그는 아버지의 친명배청 정책에 동의하지 않고 자신의 독자적인 정치 소신을 가졌다는 이유로 불행한 죽임을 당하고 말았다. 이것이 그의 불행에만 그치지 않고 조선의 아픈 역사로 얼룩졌음을 생각하면 실로 통한을 금치 못할 일이다. 그 이후 18세기 영·정조대를 거치면서 조선의 근대화를 향한 그림 그리기가 시도되었지만, 이미 때를 놓쳐버린 시점에서 부패한 기득권층의 저항을 깨뜨릴 만한 정치적 동력을 발휘할 수 없었다. 순조부터는 어리고 무능한 군주와 패권을 휘두르는 특정 관리들이 권력에 눈이 멀어서 주변 열강들의 야심 가득한 술수에 대응할 능력을 상실한 채, 오백 년 조선의 역사가 비참하게 막을 내리고 만 것이다.

우리는 수많은 전쟁과 어려움을 겪을 때마다 온 겨레가 하나로 뭉쳐 나라를 지켜왔다. 어느 시대든 최고 통치자의 책임의식과 올바른 정치적 결단이 미래를 열어가는 시대정신에 부합할 때, 비로소 민심이 통합되어 나라의 역사가 온전하게 지속될 것이다.

조선의 붕당

우리는 조선이 당파싸움 때문에 망했다는 얘길 자주 들어왔다. 어느 시대 어느 나라에나 정치에 당파가 없는 경우가 있었을까. 오늘날에도 당파 그 자체를 허용하지 않는 독제국가가 있긴 하지만, 그건 바람직한 정치체제라 할 수 없다.

조선은 오백 년 역사를 가진 나라다. 이웃 나라 중국에서도 그렇게 긴 역사를 가진 나라는 찾아볼 수 없다. 수나라는 불과 수십 년, 당나라 289년, 송나라 319년, 명나라 276년, 청나라 296년이다. 그러니 조선의 역사가 짧다고 말할 수 없다. 그리고 조선 후기 백여 년 동안은 사실 붕당이 거의 사라진 시기였다. 그런데도 당쟁 때문에 조선이 망했다는 얘기는 일제가 조선을 강점하면서 우리 역사를 왜곡한 궤변에 지나지 않는다. 조선의 붕당은 학문적으로나 정치적으로 뜻을 같이하는 사람들끼리 모인 집단인데, 14대 선조 때 동인과 서인으로 나뉜 것이 그 시작이었다. 이후 여러 갈래의 붕당들이 정치에 관여해 오다가 22대 정조 시대를 끝으로 없어졌다.

서인과 동인은 선조 때 이조정랑 자리에 오를 사람을 두고 견해를 달리한 심의겸과 김효원의 집 위치를 따서 붙인 이름이다. 심의겸은 정동에 살고 김효원은 충신동에 살았는데, 한 사람은 광화문 서쪽이고 한 사람은 동쪽이다. 그것이 서인과 동인으로 갈라진 계기다. 그때 율곡 선생이 붕당을 막아보려고 안간힘을 썼으나 뜻을 이루지 못했다고 한다. 나중에 서인은 노론과 소론으로 갈라지고 동인은 남인과 북인으로 갈라지면서 붕당 사이에 치열한 공방과 경쟁이 이백 년 이상 지속되었다. 그러는 사이 붕당정치의 폐해가 적지 않았다. 그렇다고 조선에서 붕당정치의 존재 가치를 전면 부정하는 건 곤란하다. 조선이 붕당으로 인해 자립할 수 없었다는 것은 한쪽 눈으로만 바라본 시각이다.

현대 민주주의 정치를 흔히 정당정치라고 한다. 몇 개의 정당이 공존하면서 정권을 차지하기 위해 서로 상대 정당의 정책을 비판하는 한편, 자기 정당 나름의 대안을 제시함으로써 국민들로부터 선택받고자 노력한다. 조선시대에 붕당이 존재했지만, 오늘날과 같이 선거를 통해 국민들의 심판을 받는 제도는 아니었다. 하지만 조선시대는 자기가 속한 붕당의 주장을 관철시키기 위해, 최종 결정권을 가진 왕이 받아들이게 하기 위해 역사적인 또는 학문적인 근거를 제시하는 방법을 동원했다. 겉으로는 민생을 내세우면서 내심으로는 자기 정당의 당리당략에 매달리는 오늘날의 파행적인 정당정치에 비해 조선 시대의 붕당정치가 무조건 뒤진 정치형태라고 단정하기는 어렵다. 조선시대의 정치에서도 민생이 우선이었음을 지나쳐서는 안 된다. 물론 조선시대의 붕당정치에서 겉과 속이 다르게 민생을 이용한 경우가 없지 않았겠지만, 오늘날과 같이 국민들에게 인기 영합을 위해 속이 훤히 들여다보일 정도로 천박하지는 않았을 것이다. 조선의 정치에 관여한 선비들은 대부분 민생을 앞세우고 공생공영을 추구했으며 나아가 대동사회를 지향했다. 그때가 비록 봉건주의 사회였다고는 하지만, 정치에서 민생을 우선시한 점에서는 오늘날의 정치와 다르지 않았다. 일제가 불법적으로 조선을 강점하면서 온갖 구실을 내세운 것 중 하나가 조선의 붕당정치에 대한 부정적인 해석이다. 조선에서 붕당으로 인해 온당하지 못한 정치적 사건들이 많이 있었지만, 그렇다고 붕당정치 그 자체를 근본적으로 잘못된 정치형태라고 단정할 만한 근거가 있는가. 어떤 정치형태든 거기에는 장·단점을 공유한다. 오늘날의 정치형태가 반드시 좋은 점만 갖고 있는 게 아니듯이 조선의 붕당정치도 마찬가지였을 것이다. 단점이 많았던 조선의 붕당정치라고 해서 장점이 하나도 없었던 것은 아닐 것이다. 세상의 만사에는 다 긍정과 부정이 있기 마련이다. 조선의 붕당정치에서 과연 긍정적인 측면은 존재하지 않았을까. 필자는 분명 존재했을 것이다.

첫째는 토론정치다. 조선이 봉건주의 국가였으니 왕이 모든 것을 마음대로 처결했을 것으로 생각하기 쉽다. 실제로 조선시대의 왕이 국정을 마음대로 휘두른 경우는 많지 않았다. 일부 왕이 패륜을 저지를 때 독단적인 결정을 내린 경우가 있기는 했으나, 대부분의 왕들은 국정을 공개적으로 논의했다. 중요한 정책이나 필요한 안건을 어전회의를 통해 논의하고, 거기서 합의된 내용을 바탕으로 왕이 최종적으로 결정하는 방식을 취했던 것이다. 어전회의에서 국정을 논의할 때 어느 한 붕당에 소속된 신하가 그 붕당의 입장을 대변하기도 했다. 그럴 경우 억지를 부리거나 사리에 맞지 않는 주장을 펴지 않고, 앞선 시대의 어느 왕이 내린 결정내용이나 중국의 역사에 나오는 사건들을 거론하면서 어떤 결정이 옳은가에 대한 견해를 제시했다. 그런 논의에서 붕당에 따라 상반된 주장이 나올 경우, 상대 붕당의 주장이나 견해에 대한 모순이나 불합리성을 지적하고 자기 붕당의 정당성을 논리적으로 전개하는 토론을 벌였다.

오늘날 국회운영의 실태를 보면, 여당과 야당 사이에 정상적인 토론이 전개되는 경우는 매우 드물다. 오로지 자기 정당의 입장을 일방적으로 주장할 뿐, 상대 정당의 목소리에 귀를 기울이는 모습을 볼 수 없다. 입으로는 국민의 입장을 대변한다고 하면서 실상은 당리당략에 몰입함으로써 시급한 민생문제가 표류하고 마는 경우가 허다하다. 선거 때가 다가오면 국민들의 표심을 잡기 위해 정치적 술수가 난무한다. 오늘날의 정치가 조선시대의 붕당정치에도 미치지 못하는 수준이라는 생각마저 들 때가 있다. 민주주의는 의회정치로 대표되는 바, 의회에서 논의되는 국정이 국민들에게 실질적으로 도움이 되지 않는다면, 정치에 대한 회의가 생겨날 수밖에 없다. 그렇더라도 의회정치를 부정할 수는 없다. 대한민국이 짧은 기간에 산업화와 민주화를 이룬 나라인데, 성급한 산업화와 민주화로 인해 설익은 민주화에 따른 결과가 이런 것이 아니겠는가. 조선시대의 붕당정치가 오늘날의 정당정치보다 더 나은 정치형태라고 단정할 수 없다 하더라도, 붕당정치에서 토론이 활발했던 사실을 부인할 수 없다. 이것이 조선 붕당정치의 장점이다.

둘째는 열심히 공부했다. 예나 지금이나 관직에 오르려면 국가에서 시행하는 시험을 거쳐야 한다. 물론 과거시험을 거치지 않고 관직에 나갈 수 있는 음서라는 제도가 있기는 했지만, 그것은 소수에 지나지 않았다. 과거시험은 문과와 무과 그리고 잡과 등이 있었고, 문과는 다시 소과와 대과로 나뉘었다. 소과는 초시와 복시의 두 단계가 있고, 대과는 초시와 복시와 전시가 있었다. 초시 합격생들을 대상으로 다시 복시에서 33명을 선발하고, 마지막으로 왕 앞에서 전시를 보았다. 전시 결과의 순위에 따라 종6품에서 종9품까지 직급을 주었다. 이것은 조선시대의 인재등용이 매우 합리적인 제도였음을 보여준다. 조선의 선비들은 관리가 되기 위해 열심히 공부해야 했다. 또 더 높은 직급으로 승차하기 위해서도 공부는 필수였다. 특히 붕당에 소속된 관리는 상대 붕당의 주장에 논리적으로 반박하거나 토론을 전개하기 위해 끊임없이 공부해야 했다. 한편 대부분의 조선 선비들은 관직에서 물러나면 고향으로 내려가서 후학들을 양성하는 것을 큰 보람으로 여길 만큼 학문과 후세교육에 몰두했다.

대한민국이 짧은 기간에 산업화와 민주화를 이룩할 수 있었던 것은 교육의 힘이 없었더라면 불가능했을 것이다. 오늘날 한국의 교육열이 세계에서 가장 높은 것으로 널리 알려져 있다. 이런 교육열이 과연 어디에서 비롯되었을까? 일제강점기를 거치는 동안 핍박받은 민족적 원한이 해방 이후 국민적 교육열로 승화했을 수도 있다. 한편 역사적으로 훨씬 이전으로 소급될 수 있다. 고려 광종 때부터 시행되어 온 과거제가 조선에도 그대로 이어졌다. 관리가 되기 위한 관문이 과거였다. 자신의 존재가치를 높이기 위해, 나라와 백성들에 봉사하기 위해, 소속 붕당이 정치적으로 유리한 위치를 선점하기 위해 조선의 선비들은 열정적으로 공부에 전념했다. 그리고 조선시대 과거에 응시할 수 없었던 평민들의 신분상승에 대한 염원이 얼마나 컸을까. 선비들도 평민들도 모두 우리 조상이다. 그들의 교육에 대한 열정과 염원이 우리들에게 전해져서 오늘날의 교육열로 되살아난 것이 아닐까.

셋째는 특정 가문의 전횡을 막았다. 붕당이 시작된 선조 초기부터 1800년 정조가 승하할 때까지 지속된 붕당정치는 약 230년 동안 조선의 대표적인 정치형태였다. 그 기간에는 어느 한 특정 가문이 정치권력을 독점하는 경우가 없었다. 하지만 사회 전반의 개혁을 표방한 정조시대가 막을 내리고 나이 어린 순조가 왕위에 오르면서 개혁은 물거품이 되고 말았다. 그때부터 영조비 정순왕후가 수렴청정을 하고, 순조의 장인이 정순왕후와 손을 잡고 조선의 권력을 독점한 것이다. 그 이후 헌종과 철종에 이르기까지 특정 가문의 권력 독점은 지속되었다. 절대 권력은 반드시 부패한다. 그리고 파멸로 이어진다. 특정 가문에서 권력을 독점한 순조 때부터 조선의 국운이 서서히 기울기 시작했다. 만약 순조시대 이후에도 붕당정치가 이어졌더라면 조선 후반기 백년이 그렇게 비참하게 무너지지 않았을지 모른다. 정치에서 복수의 정파가 존재하여 서로 견제하며 균형을 유지해 나가는 것은 국가 경쟁력을 강화하는 데 필수적 조건이다. 조선시대의 붕당이 그런 역할을 상당하게 담당하지 않았을까. 붕당이 사라진 순조 때부터 특정 가문의 권력 전횡에 대한 견제 세력의 부재로 말미암아 조선이 차츰 기울어진 것이 그것을 반증한다. 그러므로 붕당정치의 파행에 의해 조선이 멸망했다는 주장은 설득력이 높지 않다.

조선 붕당정치의 부정적인 측면을 인정하면서도, 한편으

로는 그 붕당정치의 긍정적인 측면도 헤아려봐야 한다. 오늘날의 정당정치가 장·단점을 공유하고 있듯이, 조선의 붕당정치도 마찬가지였을 것이다. 다만 장점과 단점의 정도에 차이가 있을 뿐이다. 뇌과학자 김대식 교수는 "현재의 생각이 과거를 편집한다."고 했다. 가능하면 긍정적인 관점에서 우리 역사를 바라보자. 그러면 과거의 장점이 보일 것이고, 내일이 밝게 열릴 것이다.

퇴계와 서애

퇴계 선생은 조선 최고의 학자요 서애 선생은 조선을 지킨 명재상이다. 두 선비를 만나러 아침 일찍 안동으로 향했다.

고속도로를 조금 벗어나 물길이 되돌아가는 강가의 한적한 비포장도로를 따라 조그마한 병산서원 주차장에 도착했다. 처음 만나는 서원이라 마음이 자못 설레었다. 북쪽을 향한 서원 앞에는 강물이 잔잔하게 흐르고, 그 뒤로는 등성이가 가지런한 산이 병풍처럼 둘러싸고 있다. 주변의 자연환경과 잘 어울리는 나지막한 병산서원이 아담하고 포근한 분위기다. 입구에 들어서자 마주하는 복례문이 서원의 첫

번째 건물인데, 이 문의 이름은《논어》에 나오는 '극기복례위인'에서 따온 말인가. 그만큼 수신과 예를 중시했던 모양이다. 복례문에서 내려다보이는 강물이 손에 닿을 듯 가깝다. 문을 지나 다시 통나무 계단으로 몇 발자국 오르면 정면 7칸의 비교적 큰 목조건물 만대루가 서 있고, 그리고 조금 위쪽에는 서애 류성룡 선생을 배향하는 작은 건물이 보인다. 그 밖에 조그만 건물이 한두 채 있을 뿐, 그저 단순하고 소박한 서원이다. 자연에 가까이 다가서 있는 작은 서원이 이제 자연물이나 마찬가지인 듯하다. 이런 병산서원의 겉모습은, 초상화에서 볼 수 있는 풍채 좋은 서애 선생의 면모와는 사뭇 다르다. 어쩌면 서애 선생의 소탈하고 담백한 내면세계와 닮은 병산서원의 소박한 정취를 보여주는 걸까. 판서와 정승을 여러 번 지냈으면서도 나라 수호와 민생에만 전념했던 선생의 애국·애민정신이 아늑한 병산서원의 소박한 모습에 숨김없이 투영되어 있는 것만 같다.

넓지 않은 서원 경내를 살피면서 선생에 대해 두 가지를 떠올렸다. 하나는 충무공 이순신 장군을 천거하여 조선을 살린 일이고, 다른 하나는 국보 132호《징비록》을 쓴 일이다. 임란 때 상대편 붕당의 반대가 극심했음에도, 종6품의 지방 현감으로 있던 이순신을 전라좌수사의 직책으로 파격

승차시킨 장본인이 영의정 류성룡 선생이다. 《대학연의》에서 임금이 갖추어야 할 중요한 덕목이 '사람을 보는 눈' 이라 했는데, 임금 아닌 서애 선생이라도 그런 밝은 눈을 가졌기에 조선을 지킬 수 있었음이 얼마나 큰 다행인가. 임진왜란의 두 영웅은 바로 류성룡 선생과 이순신 장군이다. 서애 선생은 3살 아래의 충무공이 전사한 1598년 관직에서 물러나 고향으로 내려오면서 《징비록》의 집필을 구상했을까. 선생은 후세에 임진왜란과 같은 국가적 위기를 다시 당하지 않게 하기 위해 《징비록》을 쓰기 시작했는데, '징비'는 《시경》에서 따온 말이다. 선생은 1604년에 이 책을 마무리하고 1607년 66세로 생을 마감했다. 장례비가 없어서 주변 사람들이 모금하여 상례를 치를 만큼 그는 청빈한 관리였고, 학덕과 지조를 겸비한 조선의 큰 선비였다. 서애 선생이 낙향한 후에 엮어진 《염근청백록》에 선생의 이름이 올라 있으니, 서애 류성룡 선생은 분명 조선의 청백리였다.

두 권으로 된 《징비록》은 실로 방대한 분량의 책이다. 거기에는 전쟁을 치르기 이전의 국내외 여러 상황을 비롯하여 왜적들과 싸운 7년 동안의 처절한 전황, 명나라의 도움을 받은 경위와 폐해, 조선 조정의 대응방법과 과정, 그리고 전후의 처리내용 등에 대해 자세하게 기술하고 있다. 10

년 가까이 조선을 짓밟은 왜적들의 만행을 어찌 일일이 다 붓으로 표현할 수 있었겠는가. 거기다가 조선을 도우기 위해 온 명나라 군사들의 행패와 그 피해를 구체적으로 적어 놓은 부분도 적지 않다. 그 중에는 명나라 장수 이여송이 조선의 정승 판서와 같은 고위직 관리나 지방 관찰사 등을 마음대로 불러서 마루 밑에 무릎을 꿇려놓고 호통을 치는 장면이 나온다. 그들이 원군으로 온 것인지 조선을 지배하러 온 것인지 분간하기 어렵다. 4백여 년이 지난 지금 읽어도 너무나 가슴 아프다. 《징비록》이 나온 지 불과 23년 뒤에 정묘호란이 일어나고 다시 9년 뒤 1636년에는 병자호란이 일어나 국운이 풍전등화의 위기를 맞았다. 저 세상에서 지켜본 서애 류성룡 선생은 과연 무슨 생각을 했을까? 유사 이래 우리는 오랜 기간 일본과 중국의 침략을 받으며 살아온 고난의 역사를 이어왔음이 새삼스럽지 않다. 지금도 이웃하고 있는 두 나라의 제국주의적 근성은 여전하고 군비확장을 지속하고 있는 실정이다. 우리 국민들의 단합이 그 어느 때보다 절실한 시점이다. 나라 잃은 설움에서 벗어난 게 언제인데, 우리의 현실이 너무 안타깝다. 《징비록》을 쓴 서애 선생의 깊은 뜻을 그 뒤를 이은 관리들과 왕이 송두리째 망각하고 말았으니 한스럽기만 하다. 왕과 관리로서 나라를 지키고 백성을 보호해야 하는 의무가 얼마나 중요한 일인지, 그리고 외세의 도움을 받는 대가가 얼마나 가혹한가를 일깨워 준 선생의 가르침이 오늘을 살아가는 우리들에게 경종으로 다가온다. 지금과 같이 국내외적으로 매우 어려운 상황에서 서애 선생과 같은 명재상이 다시 나오면 좋겠다.

4백여 년 전 서애 류성룡 선생의 우국충정의 정신을 되뇌며 서원을 나서려는 때였다. 선생이 '너는 나라를 위해 무슨 일을 했으며, 지금 무슨 일을 하고 있느냐?' 고 물으시는 낮은 목소리가 귓가에 들려오는 것 같았다. 아무 대답도 드리지 못했다. 조금 지나서 부끄러운 마음을 억지로 감춘 채 뒤를 돌아보니, 차츰 멀어져 가는 병산서원의 소박한 모습이 정겹고도 따뜻하다.

다음에는 도산서원을 찾았다. 이곳은 여러 번 다녀갔지만 이번만큼 자세하게 살핀 적이 없다. 남향의 서원 앞으로 흐르는 강물이 이제는 댐으로 변했고, 서원 뒤쪽은 바로 곁에 산이 둘러서 있어서 그야말로 배산임수의 경관을 보여준다. 서원입구의 오른쪽 길로 올라가서 왼쪽 길로 내려올 만큼 서원을 구성하는 건물들이 많다. 단순한 몇 채의 건물로 이루어진 병산서원과는 대조적이다. 오른쪽 입구에는 옛날 서당으로 사용한 건물이 그대로 있고, 진도문을 들어서면 서원구역이다. 학생들을 모아서 가르치던 전교당이 있고, 그 아래에는 그들이 기숙한 동재와 서재가 있다. 전교당의 앞쪽에는 물감으로 단청한 유물전시관이 있는데, 이것은 오래된 다른 건물들과 조화를 이루지 못하여 이질적인 느낌마저 든다. 맨 뒤쪽에는 퇴계 선생의 위패가 모셔진 건물이다. 도산서원이 조선 최고의 학자를 기리는 서원답게 그 규모도 크지만, 야트막한 산에 둘러싸인 서원의 포근한 정취가 학생들이 마음껏 공부하기에 가장 좋은 공간이라는 생각이 든다.

퇴계 이황 선생은 조선 성리학의 대가다. 그는 회재 이언적 선생의 주리설에 영향을 받은 것으로 알려져 있으며, 이기설의 이론화에 큰 업적을 남겼다. 그래서 선생은 이른바 영남학파의 대표적 학자로 꼽힌다. 그는 조정의 관직 요청에 대부분 응하지 않았으며, 다만 단양군수와 풍기군수를 지냈을 정도다. 학문을 좋아하여 만년까지 연구에 몰두하였고, 수많은 제자를 길러 냈다. 서애 류성룡 선생도 그의 제자다.

학문은 연구와 토론을 통해 발전한다. 특히 토론은 학문의 객관화를 위한 필수적 과정이다. 그때는 요즘과 달리 통신수단이 발달하지 못한 관계로 퇴계 선생은 편지를 통해 토론을 펼쳤다. 선생은 전국 곳곳의 선비들과 서신을 통해 성리학을 논의할 만큼 학문적 토론에 적극적이었다. 자신이 답신으로 보낸 편지들을 따로 모아서 만든 책이 《자성록》이다. 이 책을 직접 읽지는 못했지만, 그 내용의 많은 부분을 옮겨 놓은 《함양과 체찰》을 통해 퇴계 선생의 학문하는 자세에 접할 수 있었다. 선생이 후학들의 물음에 답한 글에 이런 내용이 나온다. "저번에 보낸 편지에서, 내가 해석한 부분을 곰곰이 다시 생각해 보니 이렇게 고쳐야겠습니다. 대단히 미안합니다." 대학자인 그가 자신의 설명에 오류가 있었음을 솔직하게 밝히면서 손아래 사람들에게 '미안하다' 는 말을 수도 없이 되풀이한다. 그만큼 자신의 학문에 자신이 있었던 것일까. 아니면 그의 학문적 양심이 살아 있었음을 보여주는 것일까? 아마 두 가지 다 맞을 것이다. 또 〈퇴계전서〉에는 율곡 선생이 퇴계 선생을 찾아가 가르침을 청했을 때, 퇴계 선생은 오래도록 묵묵히 계시다가 "마음가짐에 있어서는 속이지 않는 것이 귀하고, 조정에 나가는 일에 있어서는 일 벌리기를 좋아함을 경계해야 한다." 고 했다. 경을 중시한 퇴계 선생이 의를 중시한 율곡 선생에게 대답한 말씀은 마음과 일에 관한 것이었다. 퇴계는 끊임없이 학문을 탐구한 이상주의자라면 율곡은 학문을 추구하면서 실천을 강조한 현실주의자다(이광호:2013). 조선 최고의 두 학자 사이에 주고받은 대화내용이 시대를 초월한 오늘에도 큰 귀감이 되고 있다.

널리 알려져 있다시피 퇴계 선생은 주기설을 주장한 기호학파의 고봉 기대승 선생과 8년간 주고받은 서신이 백 수십 통에 이른다니, 그의 학문적 열정이 어느 정도였는지 짐작하고도 남는다. 그러기에 퇴계 선생의 학문에 대한 연구가 아직도 여러 나라에서 활발하게 행해지고 있다. 이런 대학자가 불행하게도 두 부인을 차례로 먼저 떠나보내야만 했다. 그 뒤 단양군수로 있을 때 기생 신분의 두향이라는 젊은 여인과 연분을 나누었다니, 한 인간의 다면성을 다시금 떠올리게 한다.

오늘날 이름 있는 많은 학자들 중 자신의 학문적 주장에 잘못이 있었음을 나중에 스스로 수정하는 경우를 만나기 쉽지 않다. 조선의 퇴계 선생에게서 학문하는 올바른 자세를 다시 배워야 할 것이다. 최근 우리는 학자들이 학문적 양심 문제로 장관직 문턱에서 망신당하는 언론의 보도를 접하기가 정말 민망해졌다. 참으로 안타까운 일이다. 무안하기는 나도 마찬가지다. 우리 학계에서도 오직 학문에만 정진하는 학자다운 학자들이 많이 배출되기를 고대한다. 그리고 그런 학자들이 정치하는 사람들을 바르게 가르치고 선도하는 일까지 담당하는 선진국이 되기를 기다린다.

해거름이 깔릴 무렵 우리는 아무 말 없이 도산서원을 나섰다. 마음 수양을 유별나게 강조한 퇴계 선생의 학문 세계를 감히 헤아려보기는 힘들었지만, 공부하는 자세가 어떠해야 하는가에 대해 진지하게 되새겨 본 보람된 하루였다.

2부

|

스스로 업신여기지 말아야

현직을 떠나며

교단에 발을 디딘 지 40년 가까운 세월이 흘렀다. 돌아보면 그때가 어제 같은데, 나도 모르는 사이에 그 긴 시간이 훌쩍 지나가 버렸다. 그래서 세월의 빠름을 노래한 옛 선비들의 시가 더 절실하게 떠오른다.

내가 교직생활을 막 시작하던 무렵이 생각난다. 비교적 나이가 많은 선생님들이 교무실 난롯가에 둘러앉아서 누구는 언제 회갑이고 또 누구는 언제 정년이라는 말씀들을 이따금 하셨을 때, 그런 얘기는 나와 무관한 것으로 여기고 전혀 귀담아 듣지 않았다. 그때 나는 회갑이나 정년과 같은 것은 언제나 다른 사람들에게만 해당하는 일로 생각하고, 나에게는 그런 날이 오지 않을 것으로 알았다. 그러나 지금 나는 그때 얘기하시던 선생님들보다 나이가 많다.

그동안 나는 중등학교에서 대학으로 옮겨 가면서 참으로 즐거운 교직생활을 수행해 왔다. 수많은 학생들과 함께 공부하면서 실로 많은 것을 배우고 가르치며 시간 가는 줄 모르고 지냈다. 정말이지 교직은 나에게 있어서 천직이다. 나의 교직생활은 진정 보람 있었고, 멋진 내 인생이었다. 비록 겉으로 화려하지 않지만, 내게 주어진 시간을 자유롭게 활용할 수 있었고 심리적으로 여유로움을 누렸던 것으로 기억하고 있다. 나와 같이 공부한 수많은 학생들이 대학을 졸업하고 저마다 자신들의 삶을 슬기롭게 영위하고 있다. 이것이 내게는 크나큰 자랑거리요 최고의 자부심이다.

그런데 최근 몇 년 사이에 교직을 떠나야 할 때가 되었음을 알려주는 몇 가지 징조들이 나타났다. 크게 세 가지로 요약할 수 있다. 그 첫째는 한 학기 수업을 마치고 나서 수강한 학생들의 이름을 기억할 수 있는 숫자가 반을 넘기기 어렵다는 점이다. 강의시간마다 출석을 부르면서 학생의 손을 들게 했고, 개별적으로 호명하여 질문을 하는 경우가 많았는데도 말이다. 이런 현상은 학생들에 대한 나의 열정이 식었거나 아니면 기억력이 상당히 떨어진 결과에서 비롯된 것이 아닐까. 둘째는 학생들의 중간시험 답안지를 즉시 채점하지 않고 미루어 두었다가 기말시험 기간쯤 되어서 겨우 채점하는 점이다. 평가는 교육과정의 매우 중요한 한 영역이다. 선생이 수업을 알뜰하고 충실하게 잘해야 학생들의 성적평가 결과가 좋을 것이고, 그 평가의 결과를 정확하게 분석하여 부족한 학습 내용을 다음 수업에서 보완해야 질적으로 더 나은 수업으로 발전할 것이다. 그럼에도 제때 채점하지 않은 나의 게으름이 교직자로서 질 높은 수업을 위한 관심과 노력의 부족에서 오는 현상일 수밖에 없을 것이다. 셋째는 강의 중에 중요한 핵심어가 제때 떠오르지 않는 경우가 더러 있는 점이다. 강의를 하기 전 충분한 준비를 해야 하는 것은 강의자에게 가장 중요한 임무다. 어떤 강의자든 충분한 준비를 하지 않으면 충실한 강의를 수행하기 어려울 뿐 아니라 강의의 질적인 저하를 절대 막을 수 없다. 따라서 이것은 충분한 강의 준비를 하지 않았거나 긴장감의 해이나 기억력에 문제가 있기 때문에 나타나는 현상이라 할 수 있다. 이러한 몇 가지 징조들이 내가 교단을 물러나야 할 때가 되었음을 알려주는 분명한 증거들이다. 그래서 정년이란 반드시 필요한 제도라는 것을 스스로 확인할 수 있었고, 더 이상 현직에 대한 미련을 갖지 않기로 마음먹었다.

대학생 시절 내가 앞으로 교수가 되겠다는 생각은 꿈에도 가져본 적이 없었다. 교수님들의 연구실이 멀고도 어렵게 느껴졌다. 거기는 아무나 들어갈 수 있는 데가 아니라고 생각했다. 그리고 한국어를 전공하게 된 것도 자발적인 의도에 의한 것이 아니고 전적으로 우연한 선택이었다. 사회과학을 전공하려 했으나 한번 실패하고 말았다. 그해 여름까지 재기를 다짐하며 재도전을 계획했다. 하지만 수학공부가 너무 부족하여 무작정 대구에 내려왔고, 입학안내서의 앞줄에 명시된 국어국문학과에 아무 생각 없이 그냥 원서를 넣었다. 그것이 내가 한국어와 평생토록 함께하게 된 출발점이고, 아울러 큰 행운이 될 줄 감히 상상인들 했겠는가. 서울에 지원한 대학에 합격했더라면, 모르긴 해도 지금의 나와 아주 다른 모습의 삶을 살았을 것이다. 만약 그랬다면 내 최고의 보람인 수많은 제자들이 어디 있을 것이며, 내가 쓴 논문과 저서들은 또 어디 있을 것인가. 아니, 세계 최고의 문자인 한글을 깊이 생각하고 연구하는 즐거움을 가질 수 있었을까? 한국어를 전공하면서부터 내 인생의 행운은 이미 시작된 것이나 다름없었다. 사실 나는 한국어를 가르치는 교직 아니면 다른 어떤 일도 감당해 낼만한 자질을 갖추고 있지 않은 사람이다.

대학을 졸업할 무렵 우리나라에는 산업화가 한창 진행 중이었다. 모두들 대기업으로 진출하기를 희망하는 분위기였는데, 나는 언론 분야로 지원했다가 고배를 마셨다. 실제로 나는 학교시험과 취직시험 등에서 여러 번 실패한 경험을 가지고 있었다. 그렇지만 스스로 희망을 버리거나 나 자신을 홀대하지 않았다. 막연하게나마 어디든 취직할 수 있을 거라고 생각했고, 또 잘 살아갈 수 있을 거라는 기대를 가지고 있었다. 그 즈음에는 오늘날과 같은 임용시험이 아니고 각 시도별로 순위고사라는 것이 있었는데, 그 시험에서 2위를 했다. 그대로 있으면 공립학교로 가게 되는데, 학과 교수님의 권유에 따라 시내의 한 사립학교에 지원했다. 그런데 그 학교 임용에 대한 결과를 천천히 기다리지 못하고 조급한 생각에 또 다른 학교에 지원서를 냈다. 며칠 뒤 처음 지원학교의 임용통보를 받고 부랴부랴 두 번째 학교의 지원서를 취소하느라 진땀을 뺀 적이 있다. 그것이 내 사회생활의 첫 실수였다.

당시 중등학교 관리 책임자들 중에는 입으로 언제나 교육이라는 말을 앞세웠지만, 그들의 실천 방향과 내용은 비교육적인 경우가 적지 않았다. 햇병아리 선생에 지나지 않던

나로서는 해야 할 일이 많았음에도 불구하고 관리자들의 비교육적인 행위에 대해 아무 망설임 없이 문제를 제기하곤 했다. 그때마다 노련한 선생님들의 간접적인 호응이 있기는 했으나, 나로서는 외롭고 험난한 길을 걸을 수밖에 없었다. 그러다가 문득 여기는 내가 머물 곳이 아니라는 생각을 갖게 되면서부터 대학원 진학을 떠올렸다. 먼저 교육대학원을 졸업하고 난 뒤 지방의 한 전문대학으로 자리를 옮겼고, 그리고 일반대학원 석·박사과정을 마치고 대학에 재직하게 되었다.

대학은 연구와 교육을 병행하는 곳이다. 교수는 우수하고 효율적인 교육을 수행하기 위해 모름지기 지식과 정보의 생산과 습득에 전념해야 한다. 대학 4학년 때 〈한국어 조사의 연구〉라는 졸업논문을 썼고, 중등학교에 재직할 때는 〈정과정곡 재해석〉이라는 논문을 학교의 교지에 실은 적이 있다. 이 두 편이 논문다운 논문이라고 말하기는 어렵지만, 그래도 그 경험이 몇 년 후 대학원에서 논문을 쓸 때 소중한 도움이 되었다.

대학생활에서 내 연구는 주로 한국어 문법과 경북 방언에 집중되었다. 한국어 문법 중 마침법과 대우법 그리고 문법화 등이 주된 관심사였고, 경북 방언의 문법에 대해 초기에는 공시적 연구에 집중하다가 후기에는 통시적 연구에 관심을 가졌다. 특히 한국어 대우법의 경우 최현배의《우리 말본》에서 기술한 청자대우법의 체계를 바로잡는 데 상당한 노력과 시간이 걸렸다. 그리고 대우법에 관여하는 어휘 요소에 대한 종래의 잘못된 관점을 비판하고 정상적인 체계로 수정하는 데도 매우 힘든 연구 과정을 거쳤다. 한국어 마침법과 대우법에 대한 여러 논문들을 종합하여 각각 별도의 책을 엮었으며, 또 경북 방언의 문법에 대한 공시적 연구 논문들을 참조하여 두 권의 책을 펴냈다. 경북 방언의 문법에 대한 통시적 연구 논문을 여러 편 발표하였으나, 이것들을 한 권의 단행본으로 묶지 못하고 연구실을 떠나게 되었다. 국어 문법화에 관한 논문도 여러 편 발표했지만, 별도의 책으로 묶지 못하는 대신 한국어 문법의 여러 양상을 한데 모은 책에 포함시켰다.

국어교육과에 재직하면서 나는 언어학개론, 국어학개론, 한국어문법론, 학교문법론, 한국어의미론 등의 교과목을 주로 담당해 왔다. 이중에서 학생들이 가장 힘들어하는 교과목이 언어학개론이다. 붉은색 표지로 된 교재의 내용이 학생들에게는 꽤 어려운 수준이었으며, 이 교과목이 국어학 관련 다른 교과목의 학습에 기초가 되기 때문에 수업을 꼼꼼하게 진행하지 않을 수 없었다. 6~7년 전까지만 하더라도 언어학개론 수업 시간에는 강의실에 찬바람이 흐를 정도로 학생들이 긴장했으며, 시험을 준비할 때는 학생들이 오직 이 과목에만 매달렸다는 뒷얘기를 자주 들었다. 학생들이 그 힘든 언어학개론 수업에 임하면서 표면적인 거부감을 드러내지 않았지만, 많은 학생들이 나를 얼마나 부담스러워했을까. 지금 생각해 보면, 한편으로는 미안하기도 하고 한편으로는 고맙기도 하다. 모두들 잘 참아 줬다. 나는 수업을 느슨하게 진행하면 대부분의 학생들이 교재의 내용을 제대로 습득하지 못할 것이라는 노파심을 가지고 있었다. 그래서 수업시간에는 여러 학생들에게 무작위로 질문하고 제대로 된 대답이 나올 때까지 계속해서 질문을 이어갔다. 고등학교에 비해 상대적으로 자유스럽다는 대학의 수업시간에 자주 질문을 받은 학생들의 마음이 얼마나 불안했을까. 가끔 졸업생을 만나면 아직도 언어학개론 수업을 그렇게 엄격하게 진행하고 있느냐고 물으면서, 그때가 좋았다는 얘기들을 하기도 한다. 그 수업이 그들에게 크게 도움이 되었거나, 아니면 괴로운 추억으로 기억하고 있는 모양이다. 그래도 내게 재미있는 수업은 한국어문법론이었다. 이 교과목의 주교재로 사용한 책을 언뜻 보면 내용이 평이하게 보이지만, 전통문법, 구조문법, 변형문법 등의 이론이 두루 수용되어 있어서 내용이 결코 쉽지 않았다. 또 이 책은 분량이 많아서 수업을 빠르게 진행하지 않으면 마지막 쪽을 만나기 어렵다. 학생들에게 반드시 예습을 해야만 학습능률을 높일 수 있다는 당부를 수시로 하고, 그렇게 하지 않으면 절대 앞서 나갈 수 없음을 강조했다. 그리고 수업시간에는 학습에 필요한 교육 정보기기를 사용하기보다 중요한 내용을 요약하여 판서했다. 내용의 체계를 구조적으로 설명했는데, 이 방법이 학생들의 사고활동을 심화·확대하는데 더 효율적이라고 판단한 때문이었다.

한편 대학에 재직하는 동안 나 자신과의 약속을 지켰다. 이 대학으로 오기 전 다른 대학에서 교무처 보직을 수행하느라 매우 힘들었다. 무엇보다 연구를 제대로 할 수 없었다. 그래서 옮기면서 어떤 경우에도 보직은 맡지 않겠다고 스스로 다짐했다. 몇 년이 지나고 대학 책임자가 바뀜에 따라 몇 번의 요청이 있었지만, 끝내 받아들이지 않았다. 나는 보직수행과 연구를 병행할 만한 위인이 되지 못함을 진작 알고 있었다. 보직은 누구든 수행할 수 있지만, 연구는 자신이 하지 않으면 누구도 대신할 수 없다. 교수의 본업은 연구와 교육인데, 자칫 빠지기 쉬운 게 엉뚱한 보직이다. 교수가 연구하지 않으면 그 피해가 고스란히 학생들에게 돌아간다. 다행히 학생들에게 그런 피해를 크게 주지 않은 것도 나와의 약속을 지킨 결과이다.

사실 가르친다는 건 나눔의 한 가지가 아닌가. 교직자가 학생들과 만나는 그 자체가 이미 즐거움이다. 이 즐거움은 나눔을 통해서 얻어지는 행복감이다. 교직자가 더 많은 즐거움을 누리려면, 더욱 합리적이고 적극적인 방법으로 나눔을 실천해야 할 것이다. 이 세상에는 온갖 나눔의 종류와 방법이 있지만, 교직자가 학생들과 함께 나눔을 실천하는 일이야말로 가장 큰 보람일 것이다. 이 점에서 나의 지나간 40년 가까운 교직생활은 정말 행복으로 가득한 시간의 연속이었다.

학생은 선생님에게 있어서 참으로 소중한 존재다. 학생이 선생님에게 얼마나 고마운 존재인가를 선생님은 알아야 한다. 선생님이 없는 학생은 존재할 수 있지만, 학생이 없는 선생님은 존재할 수 없다. 그러므로 선생님은 늘 학생에게 고맙다는 생각을 잊어서는 안 된다. 누구나 학생에게 선생님께 감사하라는 말은 곧잘 하면서 선생님이 학생들에게 감사해야 한다는 말을 하는 사람은 아직 만나지 못했다. 대부분의 사람들은 선생님이 학생을 가르치니까 학생이 선생님께 무조건 감사하는 것이 당연한 도리인 줄 생각한다. 하기야 학생이 선생님을 폭행한다는 기사를 접하는 세상이고 보면 반드시 그런 건 아닌지도 모른다. 시대와 사회 환경이 변화하고 현실적 인식이 달라지면 기존의 통념도 바뀌어야 할 것이다. 학교라는 교육기관이 보편화되기 훨씬 이전, 소수의 학동들을 모아놓고 아무 대가 없이 열정적으로 가르친 옛날의 선생님과 오늘날의 선생님을 동일시하기에는 여러 면에서 어려운 점이 있다. 물론 오늘날에도 과거의 선생님 못지않은 선생님이 없진 않겠지만, 대부분의 선생님은 그렇지 못한 것이 솔직한 현실이다. 그렇다면 학생이 선생님께 무조건 감사해야 한다는 일방적 요구는 받아들여지기 어렵다. 지금까지 나는 스승의 날에 학생들이 꽃을 달아주며 박수쳐 주는 그들에게 내가 과연 선생 노릇을 제대로 했는가에 대해 반성한다는 말을 매년 반복해 왔다. 이제는 학생과 선생님이 모두 상대방에 대해 고마운 마음을 가지고 서로에게 인사해야 한다. 학생은 선생님께 감사해야 하고 선생님은 학생들에게 고맙다고 해야 한다. 이렇게 되기 위해선 먼저 선생님들의 사고전환이 필요하다. 선생님이 학생들에게 창의적인 사고를 위해 기존의 관념을 깨뜨려야 한다고 가르치면서, 정작 선생님 자신의 생각을 획기적으로 바꾸지 못한다면 바람직한 선생님이라 할 수 없다. 누구나 고정관념의 틀에서 벗어나기 어렵다. 그러나 과감하게 벗어나야 한다. 그렇지 않으면 개인은 물론 공동체의 발전을 실현하기 어려울 것이다.

언젠가 '또 다른 선생님' 이라는 제목의 글을 쓴 적이 있다. 거기서 선생님은 나의 대학 동기생이다. 우리 학과에서 많은 학생들과 함께 공부해 오면서 학생들로부터 배울 점이 적지 않았다. 모범적 언행, 참신한 관점, 창의적 생각, 의미 있는 덕목이나 가치 등을 떠올리게 해 주는 학생들이 그 주인공들이다. 그런 학생을 만나면 나는 말없이 그 학생 신분의 선생님을 마음으로 흠모했다. 그 학생이 교과 시간에는 나에게 배우지만, 새로운 관점의 세계에 대해서는 내가 그들에게서 배웠다. 그런 때마다 참으로 행복했다. 정말이지 절로 신이 났다. '청취지어람 청어람' 이란 말이 딱 들어맞기 때문이다. 국어교육과에서 나는 최선을 다했다. 소신껏 생활했다. 언제나 즐거웠고 보람 있었다. 이 모든 게 국어교육과 학생들이 있었기에 누렸던 나의 행복한 교직생활이었다. 그동안 나와 함께 공부했던 모든 학생들에게 진심으로 고맙다는 인사를 전하고 싶다.

음악 즐기기

길거리를 다니는 학생들이나 지하철의 젊은이들 중에는 귀에 뭔가를 꽂고 있는 사람이 많다. 외국말 듣기 연습도 하겠지만, 음악을 듣는 경우가 많을 게다. 요새는 가까운 산에 오르내리는 사람들이 허리춤에 음악기기를 달고 다니는 사람을 자주 본다. 또 사무실에서 음악을 들으며 일하는 사람도 있고 도서관에서 공부하며 음악을 즐기는 학생도 많다. 아마 음악이 일과 공부의 효율성을 높여주는가 보다. 이제 음악은 다른 어느 예술보다 우리의 일상생활에 깊숙이 들어와 있다. 예로부터 우리 민족이 음악을 좋아했다는 기록이 중국 역사책에 나온다. 진수가 쓴 《삼국지》의 〈위지동이

전〉에 우리 민족이 음주가무를 좋아하는 민족이라 기술했다. 그만큼 우리는 음악을 사랑하고 즐기는 전통을 일찍부터 가졌던 모양이다. 우리 민족은 아주 낙천적인 기질을 가졌다. 힘든 일을 할 때도 언제나 음악을 가까이함으로써 노동의 괴로움을 극복하는 지혜를 발휘했다.

음악은 소리로 표현하는 시간예술이다. 귀로 듣는 음악은 눈으로 보는 미술이나 읽는 문학에 비해 향유하기 쉽다. 언제 어디서나, 그리고 혼자서든 집단이든 눈을 감고도 자유롭게 즐길 수 있다. 정해진 공간에서 미술작품을 감상하거나 마음을 다잡고 읽어야 하는 문학작품에 비해 접근하기 쉽다. 음악을 듣는 즐거움이 밝은 정서를 기른다고 한다. 그래서 사람들은 음악에 맞추어 흥얼거리기도 하고, 애잔한 마음을 갖게 되기도 하고, 말로 표현할 수 없는 감동을 받기도 한다. 때로는 답답하던 가슴이 환하게 트이기도 한다. 음악으로 승화된 자연의 온갖 소리가 미적 감각으로 다가오기도 하고, 세상의 신비로움이 정제된 리듬을 타고 와서 전율을 느끼기도 한다. 음악은 저마다 감성의 세계를 풍부하게 일구어 스스로 행복감에 빠져들게 하는 예술이다. 음악은 또 우리를 한없는 상상의 세계로 안내하는 예술이며, 조화로운 삶을 유도해 주는 영감의 예술이다. 그중에서 교향곡은 여러 종류의 많은 악기 소리가 모여서 하나의 화음을 이룬다. 각기 다른 악기로 연주하는 사람들이 통일된 화음을 생성하기 위해 서로 배려하고 화합한다. 협주곡이나 합창의 경우도 다르지 않다. 교향곡이나 합창처럼 우리 사회의 구성원들이 각자의 개성을 적절하게 유지하면서 한편으로는 사회 전체의 안정과 조화를 이루어야 한다.

시골이 고향인 나는 어릴 때 라디오에서 흘러나오는 가요를 많이 들었다. 초등학교와 중학교의 음악시간에 우리 가곡을 가끔 배우기는 했지만, 가요에 비해 들을 수 있는 기회가 적었다. 중학 2학년 때 교내 행사에서 몇 학생이 대표로 가곡을 불렀는데, 나도 거기에 포함되었으니 노래를 아주 못하는 편은 아니다. 고등학교 음악시간에는 클래식 음악을 감상하기도 하고 가끔 우리 가곡을 배우기도 했다. 그런데 2학년 때 부르기 시험에서 '그네'를 부르다가 '제비도 놀란 양…'에서 선생님이 틀렸다며 그만 중단시켰다. 끝까지 부르지 못한 기억이 지금도 아쉬움으로 남아있다.

클래식 음악에 관심을 갖게 된 것은 자동차 운전을 하면서부터다. 운전하는 동안 카세트로 서양의 클래식 음악을 들으면 왠지 모르게 기분이 좋았다. 그때 많이 들었던 음악은 주로 베토벤, 모차르트, 차이코프스키 등의 교향곡들이다. 무슨 뜻인지도 모르고 그냥 반복해서 들었다. 몇 달 동안 같은 작품을 계속해서 들으니 말로는 뭐라고 표현할 수 없지만, 음악에 따라 서로 다른 정서와 분위기를 조금씩 감지할 수 있었다. 같은 음악을 반복해서 듣다보면 테이프가 늘어져서 음질이 떨어지기도 하는데, 그때마다 동일한 음악 테이프를 다시 구했다. 한 음악을 반년 이상 계속 들으면 그 곡에 익숙해져서 어떤 리듬은 혼자서 흥얼거리게도 되고, 다른 곳에서 그 음악을 들으면 친구를 만난 듯이 반갑다. 음악에 대한 해설이나 설명은 그 작품을 안내해 주기는 하지만 감동까지 주지는 못한다. 음악은 듣고 느끼는 예술이다.

그러다가 시립교향악단 연주회에 가서 감상하게 되었고, 나중에는 아예 정기회원으로서 거의 모든 연주회에 참석했다. 처음에는 연주하는 곡명이 무엇이며 또 어떤 지휘자와 협연자가 출연하는가가 궁금했다. 좀 지나서는 연주하는 음악의 감상에 더 관심이 갔다. 또 음악과 지휘자의 동작과의 관련성에 대해서도 조금씩 궁금해졌다. 연주회의 감흥도 좋지만 잔잔한 여운도 큰 즐거움이었다. 나중에는 디자인 전공의 한 친구를 연주회에 끌어들였는데, 동반자와 함께하는 음악이 재미를 더해주었다. 연주회의 소감을 서로 주고받음으로써 음악에 대한 이해의 폭을 조금씩 넓혀가게 되었다. 동일한 음악작품이라도 지휘자에 따라 그 음악의 색깔과 느낌이 달라진다고 한다. 하지만 우리는 아직 그런 걸 변별할 수준에 이르지 못하고 낌새만 겨우 느낄 정도다. 무한한 음악의 세계를 동경하면서 저만큼 떨어진 자리에서 귀 기울이는 것만으로도 우리에게는 다행이다. 어떤 때는 작곡가의 예술 세계를 막연하게나마 헤아려보기도 하고, 음악의 바탕음을 자연계의 소리와 연계하여 그려보기도 한다.

나는 교향곡을 좋아한다. 라디오를 통해서, CD를 통해서, 연주회를 통해서 들어왔다. 라디오는 CD나 연주회와는 달리 선택권이 내게 없다. 라디오와 CD는 오직 듣고 느끼는 반면, 연주회는 듣고 보고 느낀다. 음악이 귀로 듣는 예술이라지만, 눈으로 보는 재미도 크다. 연주회에서 눈에 들어오는 모든 게 음악을 만드는 요소들과 관련된다. 지휘자가 암시하는 첫 동작, 바이올린 연주자가 든 활의 움직임, 오보에 연주자의 자세와 손놀림 등등. 무엇보다 여러 악기의 서로 다른 소리들이 하나의 화음으로 융합되는 것이 신기하다. 오페라에 연주되던 음악이 교향곡으로 발전했다는데, 교향곡은 그야말로 종합음악인 것 같다. 우리 국민들이 저마다의 삶을 자유롭게 영위하면서 대한민국이라는 교향곡을 훌륭하게 연주하는 나라이면 좋겠다. 부분과 전체의 조화 없이 우리 모두의 번영은 어렵다. 무심한 개인적 파열음이 나라에 미치는 영향을 망각해서는 곤란하다. 지금 우리에게 절실하게 요구되는 국민적 화합을 음악을 통해 배우자. 우리는 예로부터 음악을 좋아한 민족이 아닌가.

뮤지컬과 오페라도 좋다. 하지만 뮤지컬은 음악성이 오락성에 좀 가리는 것 같고, 오페라는 음악과 연극을 동시에 이해해야 한다. 외국어 노랫말이 부담이다. 음악은 삶의 애환을 리듬으로 들려주기도 하고 자연의 비밀을 소리로 알려주기도 한다. 최근에는 오페라를 관람할 기회가 늘어나면서 조금씩 재미를 붙여가고 있다. 그러나 아직 교향곡에 더 매력을 느끼고 있다.

듣는 음악에서 언제나 우리는 객자이다. 악기를 연주하거나 노래를 부르지 않는 한 그렇다. 부끄럽게도 나는 어떤 악기도 다루지 못한다. 어릴 때 만져봤던 하모니카가 전부다. 악기 하나 다룰 줄 모르면서 음악을 감상하고 얘기할 자격이 있을까. 나는 정말 무식하다. '무식' 에서 좀 벗어나 볼까 해서 요사이 우리 가곡을 배운다. 평소 노래 부르기에 관심이 없지 않았지만, 악보를 보고 선생님의 지도에 따라 부르는 게 쉽지 않다. 시간이 갈수록 더 어렵다. 배우기 전에는 그냥 부르면 되는 줄 알았는데, 막상 악보대로 부르기 어렵다. 우리 가곡의 노랫말에 전통적인 정서가 고스란히 담겨 있어 좋고, 소리를 타고 우리의 아름다운 자연을 여행하는 기분이 들어서 좋다. 산과 강이 나오고, 고개와 냇가가 나오고, 산길과 들길이 나온다. 그리고 안개와 무지개가 있고, 그리움과 기다림이 있고, 아련한 추억과 한적한 농가의 풍경이 있다. 우리 가곡 부르기는 한국 자연의 여행이다. 여행이 얼마나 즐거운가. 그런데도 가곡 부르기는 쉽지 않다. 벌써 수년째 배우고 있지만, 혼자 부를 수 있는 노래는 손꼽을 정도다. 악보를 익혀서 부르기가 쉽지 않다. 아니, 악보를 보고서도 바르게 부르기 어렵다. 나의 무능과 게으름 탓이다. 그래도 일주일에 한 번씩 가곡교실에서 회원들과 어울려 우리 가곡 부르는 것이 마냥 즐겁다.

처음에는 모두들 어쩌면 저렇게 잘 부를까. 나도 언젠가 저렇게 부를 수 있을까 하는 막연한 기대를 가졌다. 지금 수년이 지났는데도 나는 아직 그렇지 못하다. 호흡이 뒷받침되어야 하고, 악보를 바르게 보아야 하고, 노랫말의 뜻을 잘 살려야 하고, 강약을 적당히 조절해야 하고, 감정을 잘 살려야 하고, 발음을 분명하게 해야 한다. 이것들은 선생님의 지도 내용이다. 어느 것 하나도 간단치 않다. 이것에 관심을 기울이면 저것이 틀리고, 저것을 맞추려면 이것이 어긋난다. 오랜 기간 열성적인 노력과 반복 연습이 뒤따르지 않으면 불가능하다. 설령 타고난 자질이 좀 있다 해도 마찬가지다. 일주에 2시간 배우고 다음 주까지 두세 번 복습이라도 하면 그나마 다행이다. 그렇지 않고 노래가 잘 되지 않는다고 투덜대는 건, 씨 뿌리지 않고 거두려는 것과 같다. 바로 내가 그런 꼴이다. 이제 욕심은 줄이고 즐거움은 늘리는 게 상책이다. 어떤 선배 회원은 노래 부르기가 건강에 좋다고 한다. 그래서인지 나이 든 분들이 더 열심이다. 모두들 아주 건강하시다.

일 년에 두 번씩 발표회를 갖는데, 그때마다 얼마나 떨리는지 노랫말을 놓치기 일쑤다. 노랫말을 따로 적어 다니면서 수없이 읽는다. 단상에 오르기만 하면 선생님이 가르쳐 준 내용들이 어디론가 사라진다. 그저 멍할 뿐이다. 노래를 어떻게 불렀는지 아무 생각도 나지 않는다. 마치고 나면 그제야 정신이 든다. 연습 부족이 문제지만, 긴장감을 떨치지 못하는 것도 문제다. 어쩌다 다른 데서 그 노래를 불러보면, 그렇게 떨리지 않는다. 내 노래를 내가 들을 수 있다. 선생님이 없어서 그럴까. 회원들이 주목하지 않아서 그럴까.

아니면 잘 부르려는 욕심을 버린 탓일까. 노래도 삶도 마음을 비워야 한다. 음악처럼 살아가는 법을 터득해야 한다. 《논어》에 "아는 건 좋아하는 것보다 못하고, 좋아하는 건 즐기는 것보다 못하다."는 말이 있다. 지금 노래를 잘 알지도 못하고 잘 부르지도 못하지만, 내게 더 중요한 건 음악을 즐기는 것이다.

책과의 이별

우리는 친하게 지내던 사람끼리 헤어지는 모습을 자주 본다. 공항이나 대합실 또는 집 대문 앞에서 손 흔들며 서로 아쉬워하는 장면에서 말이다. 또 평소 아끼던 물건을 잃어버렸을 때 누구나 안타까워한다. 어쩔 수 없이 떨어져 살아야 하는 사람들은 여러 방법으로 서로의 마음을 주고받으며 지낼 수 있다. 하지만 자신의 생활과 늘 함께해 왔던 어떤 물건이 갑자기 사라져 버리면 정말 난감하게 된다. 그것이 필수품일 때는 더욱 그렇다. 사람과 사람과의 헤어짐은 서로의 문제일 수도 있고 한쪽 사람의 문제일 수도 있다. 그러나 물건과 사람과의 멀어짐은 전적으로 사람의 문제다.

물건에 어떤 문제가 생겼다고 해도 그건 사람에 의한 것이 대부분이다. 오래 함께 지내온 사람이나 사랑하는 사람과 헤어지는 아픔이 크다고 하지만, 평소 아끼던 물건과 헤어지는 것도 사람에 못지않다.

지난해에 나는 수십 년을 함께 지내온 책과 헤어져야 하는 고통을 겪었다. 긴 기간 동안 내 연구실에서 함께 지낸 책들이다. 그 책들을 통해 배우고 가르치며 지내오다가 책도 나도 연구실을 떠나야만 했다. 수천 권에 이르는 전공서적과 논문집 그리고 여러 영역의 책들이 모두 오늘의 나를 만들어준 고마운 것들이다. 돌이켜 보면, 같은 공간 안에서 늘 마주해 온 한 권 한 권의 책들 중 어느 것 하나 소중하지 않은 게 없다. 학생 때 만난 책에서부터 최근 구입한 것들에 이르기까지 모두 나의 선택에 의해 내 연구실에 들어왔다. 연구실 동쪽에는 논문집이 주로 진열되어 있었고, 서쪽 벽면에는 전공서적들이 진열되어 있었고, 북쪽 벽면에는 그 밖의 책들이 진열되어 있었다. 이것들 가운데는 내가 쓴 15권(공저 5권 포함)의 책들도 함께 꽂혀 있었다. 이렇게 많은 책들 중에는 내가 관심을 갖고 열심히 펼쳐본 것들이 있는가 하면, 책을 구입할 때의 마음과는 달리 먼지가 쌓이도록 열어보지 못한 것들도 적지 않다. 내 게으름 때문에 또는 나의 변심으로 자주 만나보지 못한 책들에 대해선 그저 미안할 뿐이다. 내가 열성적으로 읽은 책들은 드나들 때마다 반겨주는 듯했지만, 그렇지 않은 책들은 언제나 나를 보고 찡그리지 않았을까? 모두 다 내게는 소중한 책들인데, 책의 내용에 따라 오랜 기간 편애해 온 것이 숨길 수 없는 사실이다. 교육자는 어떤 경우에도 교육 대상자를 차별하여 대우해서는 안 된다. 그러나 연구자는 그의 전공에 따라 책의 내용에 대한 관심도가 다르기 때문에, 책상 위에 얹어 두고 늘 펼쳐보는 책이 있는가 하면 가끔 열어보는 책도 있고 일 년에 한 번도 펼쳐보지 못한 책도 있다.

대학 재학 때는 전혀 보지 못했는데, 졸업 후 서점에서 만난 변형생성문법에 관한 책들이 나에게는 자못 생소하기만 했다. 전통문법과 구조기술문법 이론에 바탕을 둔 책들만 읽어오다가 새로운 문법이론서를 대하면서부터 그 이론에 대한 호기심이 조금씩 생겼다. 그 이후 변형문법이론의 발전과 함께 쏟아져 나온 책들을 독파하기에는 능력의 한계도 있었고 책값도 너무 비쌌다. 얼마 지나지 않아 곧 복사된 원서들이 쏟아져 나와서 나에게는 큰 다행이었다. 해마다 연구실 책꽂이에 그런 문법서의 숫자가 자꾸만 늘어났다. 고등학교와 대학 때 영어와 독어를 원서강독으로 수강했기에 졸업 이후에도 원서를 읽는 데 큰 부담이 없었다. 외국 책의 내용을 제대로 이해하지 못하는 부분은 변형문법을 전공하는 영어학 교수의 도움을 받은 적이 한두 번이 아니었다. 마침 그 친구가 같은 대학에 재직하고 있었기 때문에 개인지도를 받기가 그리 어렵지 않은 것도 내게는 행운이었다. 내 전공이 현대 한국어 문법이어서 고대 한국어와 중세 한국어 관련서적은 많이 필요하지 않았고, 통시적 연구관련 서적들은 부분적으로만 갖추고 있었다. 이 책들 중에는 내가 직접 구입한 것도 있지만, 저자들로부터 기증받은 귀한 것들도 많다.

여름방학이 시작되는 6월 말쯤부터 책들을 천천히 정리했더라면 더위도 피할 수 있고 여유롭게 처리할 수 있었을 것이다. 그런데도 하루하루 미루다가 마지막 1주일을 남겨둔 시점에 다다르고 말았다. 모르긴 해도 오랜 기간 정이 든 소중한 책들에 대한 미련 탓도 있었겠지만, 연구실을 영원히 떠나야 하는 나 자신의 아쉬움이 더 컸으리라. 우선 전화로 우리대학 도서관의 형편을 알아보니 사서담당자가 많은 책을 받을 수 없다고 했다. 그리고 이웃의 경산시 도서관과 영천시 도서관에 연락해 봤더니 최근 발간된 책이 아니면 받기 어려우며, 그나마 문학 관련서적은 받고 언어학 관련

서적은 받지 않겠다는 대답이었다. 멀리 포항시 도서관에 전화했더니 담당자가 직원들과 자동차를 운행하여 어느 날 오겠다는 고마운 답변을 주었다. 그제야 마음이 조금 놓였다. 계속 가까이할 몇 권은 집으로 가져오고 제자들에게도 필요한 책들을 가져가게 했다. 그런 다음 대학도서관 담당자들이 받겠다고 한 권수보다 훨씬 많은 책을 억지로 박스에 넣어서 더 가져가게 했다. 포항시 도서관에서는 직원 다섯 명과 작은 버스를 가지고 왔다. 이 방의 책을 그들 마음대로 다 가져가게 했다. 이제 빈 책장이 많아지긴 했으나 아직도 책꽂이 여기저기에 책들이 흩어져 있었다. 남아 있는 책들은 또 어떻게 처리해야 할까 생각하다가 이웃의 시군 도서관에 적은 분량의 책이라도 가져가게 했다. 이렇게 해서 책꽂이의 책들은 거의 처리되었는데, 마지막으로 떠나보내야 할 나머지 책들은 어쩔 수 없이 도서관이 아닌 곳으로 보낼 수밖에 없었다. 책이 있어야 할 곳은 개인 책장이나 도서관이다. 다른 곳에 있으면 책이 아니라 휴지조각이나 다름없다. 책이 사랑받는 세상만큼 좋은 세상은 없다. 그런 세상을 만드는 일에 동참하기는커녕 거꾸로 가는 내가 처량하기 그지없다. 연구실을 비워야 할 시간에 쫓긴다는 핑계로 소중한 그 책들에 대한 염치를 멋대로 져버리고 말았으니, 앞으로 어떻게 책을 다시 볼 수 있겠는가.

이제 오래도록 나와 동고동락했던 책들을 모두 떠나보냈다. 순조로운 방법이 아니고 여기저기 억지로 떠밀어 보냈다. 한없이 미안했다. 이런 방법밖에 없었던가? 일찌감치 책과의 이별을 차근차근 준비했더라면 이렇게 무리하지 않았을 것이다. 만남의 준비도 필요하지만, 헤어짐의 준비는 미리미리 해야 하는가 보다.

텅 빈 연구실 책상 앞에 혼자 앉았다. 이 의자에 앉는 게 오늘이 마지막이라 생각하니 만감이 교차했다. 무슨 말로도 표현할 수 없었다. 착잡한 심정이었다. 수십 년 동안 정든 책상과 의자를 떠나야 할 시간이었다. 그동안 나를 묵묵히 지켜 준 책상과 의자가 고마웠고, 온갖 정보를 제공해 준 수많은 책들과의 결별이 못내 아쉬웠다. 책상 위의 전등과 컴퓨터에도 고마운 인사를 건넸다. 나는 이 방 안에서 내 지적 세계를 끊임없이 일구어 왔고, 내 삶의 철학적 담론을 읊조리며 많은 학생들과 이마를 마주해 왔다. 그리고 나 나름의 새로운 지식과 정보를 생성해 온 곳도 대부분 이 연구실이었다. 문화관광부의 우수학술도서로 선정된《한국어 종결어미의 문법》(2002), 언어과학회의 학술상으로 선정된《한국어 문법의 양상》(2005), 대한민국 학술원의 우수학술

도서로 선정된 《한국어 대우법》(2008) 등과 여러 편의 논문들이 모두 그 결과물이다. 어떤 이는 학교에선 강의하고 연구는 집에서 한다던데, 나는 그 반대였다. 학교에서 강의하는 시간 외에 가능하면 연구에 몰두했다. 그래서 그런지 연구실의 책들과의 이별이 더욱 아쉽고 섭섭했다. 꽤 큰 연구실이 좁게 느껴질 만큼 빼곡하게 찼던 책들이 이제 모두 내 곁을 떠나고 말았다. 그것들이 자발적으로 나간 게 아니라 내가 막무가내로 쫓아버렸다. 그 책들과 씨름하며 함께 생활한 시간들이 나에게는 크나큰 행복이었고, 그것들이 제시해 주는 방향대로 살아온 내 삶이 큰 보람이었다.

책이 떠난 연구실과 모든 칸이 비어 있는 책장을 마주하니 마음이 텅 빈 것만 같다. 이 방에만 들어오면, 언제나 따뜻한 마음이 생기고 뭔가에 대한 탐구 욕심이 일어나고 즐거움이 넘쳤다. 언제 또 이런 마음을 어디서 가져보려나. 아마 다시 그런 행복한 때를 만나지 못할 것이다. 그러기에 더더욱 마음이 허전했다. 이후의 내 삶이 아무리 좋다고 해도 행복의 크기는 연구실 생활과 비교할 수 없을 것이다. '만남은 반드시 헤어짐을 전제한다.'는 말은 사람과 물건과의 경우에도 적용된다는 사실을 분명히 알게 되었다. 두 딸 혼인시킨 뒤 그들의 방 안에서 느꼈던 기분을 이에 견줄 수 있을까. 딸들은 각각 배우자를 만나 새로운 삶을 설계하며 살아가고 있지만, 떠나보낸 그 책들은 또 누구에게 관심을 받을까. 부디 나보다 훨씬 참된 사람들을 만났으면 좋겠다. 그래서 그 책들이 간직하고 있는 본래의 존재 가치를 한껏 높여주기를 간절히 기원한다. 지금쯤 이미 그럴 것이다.

한국의 바탕문화

어느 민족이나 공동체의 바탕문화는 그들의 풍습, 언어, 종교, 관습 등에 반영되어 있지만, 대개 의·식·주에도 담겨져 있다. 의·식·주는 인간의 삶을 위한 기본적 수단이기 때문이다. 우리 민족은 긴 역사를 이어오면서 우리 나름의 소박한 의생활, 식생활, 주생활을 영위해 왔다. 율곡 선생이 《격몽요결》에서 "남편은 온화한 모습을 가져 올바른 도리로써 절제하고, 아내는 유순한 마음과 올바른 도리로써 검소해야 한다."고 했듯이, 우리 조상들은 평소 절제하고 검소하게 생활했다. 그들의 의·식·주를 살펴보면, 어떻게 문화를 형성하고 발전시켜 왔는지 헤아려볼 수 있다.

의생활 : 우리 조상들은 예부터 경제적으로 어렵게 살았다. 그래서 그들이 입은 옷은 간소했다. 단색에 모양도 단조롭다. 흰옷을 즐겨 입었다. 그래서 백의민족이라 일컫기도 한다. 이 말은 19세기 후반 서양인들에 의해 자주 사용되었는데, 독일인 오페르트는 〈조선 기행〉에서 "조선인의 옷감 색깔은 남자나 여자나 다 희다."고 적었다. 그리고 구한말과 일제강점기의 조선인들이 입은 흰옷이 서양 선교사들이 남긴 사진에도 많이 나타난다. 사실 우리 민족이 흰옷을 입고 살아온 역사는 꽤 오래된 것으로 추정된다. 중국 진나라 진수가 쓴 《삼국지》의 〈위지동이전〉에 부여, 고구려, 동예 등에 관한 기록 중 옷 얘기도 나온다. 부여에 대해 "사람들이 국내에 있을 때의 의복은 흰색을 숭상하여 흰 배로 만든 큰 소매 달린 도포와 바지를 입고 가죽신을 신는다."고 적고, 고구려에 대해서는 "백성들이 노래와 춤을 좋아하고 옷은 흰색으로 항상 정결하다."고 적고, 동예에 대해서는 "그들의 평상 의복이 언제나 희고 깨끗하다."고 적고 있다.

삼한시대와 삼국시대에도 흰옷을 즐겨 입었고, 고려와 조선에 이르러서는 나라에서 흰옷을 입지 못하게 했다 한다. 고려 충렬왕 때 흰옷금지령이 내려졌고, 조선의 태조, 태종, 인조, 숙종, 영조 등 여러 왕대에 걸쳐 흰옷금지령이 내려졌으나 제대로 지켜지지 않았다. 그 옛날에도 법이 관습을 넘어서지 못한 것이다. 역학에서 흰색은 하늘과 땅을 의미하는 구극의 색이요 불멸의 색이라 풀이한다. 우리 민족이 흰옷을 즐겨 입은 습속은 하늘과 땅을 숭배하는 고유의 신앙에 뿌리를 두고 있는 듯하다. 흰떡, 흰밥, 흰술 등을 차려놓고 흰옷을 입고 제사 지내는 관습은 부여의 영고, 고구려의 동맹, 동예의 무천과 같은 제천의식에서 유래되었을 가능성이 크다. 이렇듯 고대국가의 제천의식에서 흰옷을 즐겨 입어 온 우리 민족의 습속은 한국인의 성정과도 무관하지 않을 것이다. 흰색은 순수함과 불변함을 상징한다. 제사 때 깨끗한 마음으로 정성을 다하기 위해 흰옷을 입었을 것이고, 그런 마음이 일상에까지 확대되어 수천 년 동안 흰옷을 입었을 것이다. 우리 조상들은 원시농경생활을 하면서 서로 일을 도와주고 동고동락해 오는 사이 동족의식이 싹트게 되었을 것이고, 백성들이 하나같이 흰옷을 즐겨 입은 습속 또한 우리 민족의 공동체 의식과 관련될 것이다.

그들은 검소하고 알뜰하게 살았다. 남자의 바지 하나로 아버지와 여러 아들이 두루 입을 수 있었다. 키가 작으면 아랫도리를 위로 좀 당겨 입고, 큰 사람은 아랫도리를 좀 내려 입었다. 치마도 어머니와 딸들이 필요할 때마다 돌려가며 입었다. 소수의 부잣집을 제외하고 대부분의 사람들은 그렇게 살 수밖에 없었다. 지나치게 화려한 색상의 옷은 금방 싫증이 나기 쉬운 반면, 단순한 색상의 옷은 오래 입어도 무던하게 견딜 수 있다. 요사이 우리가 입고 지내는 서양식 옷들은 색상과 모양이 너무 다양해서 짧은 기간 사람들의 개성을 충족시킬 수 있지만, 변덕이 너무 심하고 비경제적이다. 《장자》에 나오는 "무지개로 옷을 지어입고 바람으로 말을 삼아…."라는 구절은 곧 화려한 옷이나 영화로운 삶은 뜬 구름과 같이 흘러가 버린다는 뜻이다.

한복은 특유의 멋을 가지고 있다. 윗도리의 깃과 섶이 유연한 선이라면, 여성들의 치맛자락과 남성들의 두루마기 자락은 여유로운 곡선미의 상징이다. 두루마기와 치마의 끝자락이 바람에 날리는 멋스러움은 우리의 자연을 그대로 반영한다. 한국의 산들은 그 등성이가 밋밋한 곡선을 이루고, 굽이굽이 흐르는 강의 물줄기는 휘어진 버드나무 모양이다. 아름다운 한국의 산수에 파묻혀 자연과 함께 호흡하며 살아온 사람들의 마음과 옷이 자연을 닮는 것은 당연하다. 한복의 모양은 한국의 산수를 그대로 닮았고, 그 색깔은 자연의 순수한 빛깔을 따랐다.

식생활 : 한국의 대표 음식은 된장과 김치다. 된장의 원료

는 콩이다. 콩을 삶아서 메주를 만들어 통풍이 잘 되는 곳에 매달아 둔다. 몇 달이 지나고 나면 숙성된 메주에서 몸에 좋은 미생물이 생긴다. 그것으로 된장, 간장, 고추장 등을 만드는데, 한 번 만들어서 수년 동안 먹을 수 있어 편리하고 경제적이다. 콩으로 만든 된장은 영양은 말할 것도 없고 항암식품으로도 널리 알려져 있다. 그래서 한국의 대표적인 바탕 음식으로 된장이 손꼽힌다. 필수 단백질 공급과 면역력 향상을 위해 우리 조상들은 오래 전부터 된장을 만들어 먹었다.

《삼국사기》에는 신라 신문왕 3년에 왕이 왕비를 맞으면서 쌀, 술, 된장, 기름, 꿀 등 많은 종류의 음식을 큰 수레에 가득 실어 보냈다는 기록이 있는데, 이것은 신라 초기부터 된장을 먹었음을 알려준다. 중국의 《삼국지》에는 고구려와 발해에 된장이 있었다는 기록이 나온다. 즉 "고구려인은 된장을 담그는 솜씨가 매우 훌륭하다." "발해의 명물은 그들이 직접 만드는 된장이다." 등의 기록으로 보아 우리 민족이 된장을 만들어 먹은 역사가 아주 오래된 것을 알 수 있다. 그리고 《고려사》에도 된장에 대한 기록이 보인다. 고려 현종 10년에 거란족의 침입으로 백성들의 삶이 피폐해지자 그들을 위로하기 위해 나라에서 된장을 나누어 주었다 하고, 문종 6년에는 임금이 굶주린 백성들에게 메주를 나누어 주었다고 한다. 이런 기록들은 그 당시에도 된장이 식생활의 필수품이었음을 뒷받침해 준다. 그리고 조선시대의 문헌자료인 《구황촬요》, 《증보산림경제》 등에서 된장 담그는 방법을 구체적으로 기술하고 있고, 모든 음식 맛의 으뜸이 된장이라고 할 만큼 우리 음식에서 된장이 차지하는 비중이 컸음을 지적하고 있다.

사실 된장은 최고의 자연식품이다. 콩, 소금, 물, 공기 등이 장독 안에서 수개월 동안 어우러져서 만들어진다. 된장의 신비성을 흔히 오덕이라 한다. 즉 다른 맛과 섞여도 제맛을 잃지 않고, 오랫동안 상하지 않고, 비린내를 제거하고, 매운 맛을 부드럽게 하고, 어떤 음식과도 잘 어울린다. 이런 속성은 된장을 이루는 구성요소들이 모두 자연물이기 때문일 것이다. 예부터 우리 조상들이 된장을 만들어 먹은 이유가 된장의 오덕 때문이기도 하지만, 기본적으로는 자연 동화적인 삶의 방식이 아니었을까.

김치는 세계적인 건강식품이다. 가을에 배추와 무를 기본재로 하여 젓갈과 양념을 버무려서 만드는 김치는 다음 해 여름까지 밥상에 오른다. 김치도 된장과 마찬가지로 적당하게 익혀야 맛이 좋다. 김치는 영양도 풍부하고 건강에도 좋다. 외국의 식품학자들이 김치의 성분을 분석한 영향으로 이제 많은 나라에서 김치를 즐겨 먹는다.

김치에 대한 기록도 오래되었다. 중국의 《시경》에 "외를 깎아서 저를 담가 조상께 바치면 하늘의 복을 받아 자손이 오래 산다."는 구절이 있는데, '저'는 오늘날의 장아찌에 가깝다. 이것이 훗날 차츰 김치로 발전했다. 그렇다면 김치의 원료가 처음부터 배추나 무가 아니었을 것이다. 우리나라의 기록은 고려 중기 이규보의 《동국이상국집》에 나타나는데, 거기에는 염지라 하여 소금물에 담그는 방법으로 김치를 만드는 것으로 나온다. 이는 채소를 소금물에 절여서 겨울에 대비하는 채소 저장법이었다. 오늘날 지역 방언에서 김치를 짠지라고 하는 것을 보면 초기의 김치는 채소를 소금물에 절인 식품이었던 것이다. 조선 중종 13년의 《벽온방》에는 '무딤채국'이란 말이 나오고, 1525년 최세진의 《훈몽자회》에는 '딤채 조'라고 기록했다. 따라서 조선 중기에는 김치를 딤채라고 불렀던 모양이다. 숙종 41년의 《산림경제》에는 김치에 고추가 들어가지 않았는데, 영조 42년의 《증보산림경제》에는 고추가 들어간 김치의 기록이 나온다. 고추는 임진왜란 무렵에 우리나라에 들어왔으나, 고춧가루가 김치의 양념으로 사용된 것은 나중의 일이었다.

발효식품인 김치와 된장은 건강에 유익한 영양성분을 함유하고 있어서, 앞으로 세계적인 건강식품으로 각광을 받게 될 것이다. 김치와 된장은 숙성기간이 필요한 식품이다. 김치는 담근 후 금방 먹을 수도 있지만, 적당한 기간이 요구된다. 된장과 김치는 모두 기다림이 동반되는 음식이다. 된장과 김치가 속성으로 발효되지 않듯이 한국인들의 심성 또한 느긋하고 끈기가 있다. 우리 조상들은 가마솥을 사용했다. 가마솥은 냄비와 달라서 불을 오래 지펴야 물이 끓는다. 냄비는 본디 우리 것이 아니다. 불과 백수십 년 전에 들어왔다. 우리 것은 가마솥이다. 가마솥 물이 천천히 끓지만, 한 번 데워지면 오래도록 식지 않는다. 사랑채의 아궁이에 군불을 때면 아침까지 방바닥이 뜨끈하다. 겨울철엔 그 물로 세수하기 안성맞춤이었다. 우리 조상들은 언제나 느긋하게 기다리는 인내심이 있었다. 그러기에 된장도 김치도 숙성될 때까지 기다리고, 가마솥의 물도 끓을 때까지 기다린다. 이 모든 것들에 끈기가 필요하다. 된장, 김치, 가마솥은 모두 기다림의 속성을 공유한다. 《중용》에 "군자는 평이하게 처신하며 천천히 기다리고, 소인은 위태롭게 행동하고 기다리지 못한다."라고 했는데, 기다림 속성을 가진 우리의 음식문화는 군자의 태도에 견줄 만하다.

주생활 : 과거에는 대부분의 집에 대문이 없었다. 그런 집에 사는 사람은 다른 사람들과 자유롭게 소통하는 마음을 가지고 있었다. 그리고 우리 조상들은 흙으로 만든 집에 살았고, 흙으로 담장을 만들었고, 흙으로 만든 항아리와 주발을 사용했다. 집도 담장도 항아리도 모두 흙으로 만들었으니, 모두가 자연과 소통하며 자연에 동화하는 삶을 살았다. 흙은 숨을 쉰다. 집의 벽이든 담장이든 항아리나 주발은 다 공기가 통한다. 물이 흐르거나 바람이 불듯이 자연은 고정되어 있지 않고 끊임없이 움직이고 교류한다. 흙을 이용하여 벽을 쌓아 집을 지은 우리는 집을 자연의 일부로 인식했다. 흙은 생명체를 보호하고 잉태하는 모체다. 흙으로 집을 짓는 게 자연에 가깝게 사는 방법이다. 그런 삶을 살아온 우리 조상들의 심성이 소박하고 온유하며 정이 많을 수밖에 없다. 모두가 흙에서 얻은 혜택이다.

한옥은 흙으로 벽을 쌓고 기둥, 대들보, 서까래, 문 등은 나무로 만들었다. 집 짓는 자재가 흙과 나무다. 그 자체가 자연이다. 기둥은 주춧돌 위에 그냥 얹혀 있고, 대들보와 서까래는 홈을 파서 아귀를 맞추고, 문틀과 문살도 마찬가지다. 이음새의 어느 부분도 폐쇄된 연결이 없다. 이음부분에 적절한 공간을 두어 지진과 같은 자연재해와 계절에 따른 온도와 습도의 변화에 대비했다. 대륙성 기후와 해양성 기후가 공존하는 한반도의 지역성을 감안한 독특한 건축법이 아닐 수 없다. 이것이 서양 건축가들을 놀라게 한 한옥 특유의 공법이다. 자연에서 건축재를 얻고 자연에 순응하는 건물을 지은 슬기로운 건축법이다.

한옥의 문은 창호지로 발랐다. 창호지는 참 신기한 종이다. 상반된 두 기능을 동시에 발휘한다. 하나는 바람을 막아주는 방풍기능이고 다른 하나는 바람을 소통시켜주는 통풍기능이다. 겨울에는 찬바람을 막아주고 여름에는 바람을 적절히 소통시켜 준다. 요사이 창문의 유리는 오직 방풍기능만 할 뿐 통풍기능은 전혀 없다. 시멘트로 만든 집의 안과 밖도 소통이 안 된다. 한옥의 흙벽이 시멘트로 만든 양옥과 다르고, 한옥의 문에 바른 창호지가 양옥이나 아파트의 문에 설치한 유리와 같지 않다. 흙벽과 창호지는 방풍과 통풍의 기능을 동시에 갖는 반면, 시멘트로 만든 벽과 유리는 방풍기능뿐이다. 오늘날 사람들 사이의 소통이 원만하지 못한 까닭이 우리가 살고 있는 집 구조 때문이 아닐까. 벽은 시멘트요 문은 유리다. 시멘트와 유리는 방풍과 방음 기능만 갖는다. 방과 방 사이가 막혀 있고, 방의 안과 밖이 막혀 있고, 집과 집 사이가 막혀 있다. 모든 주거 공간이 폐쇄된 구조다. 그런 집에 사는 사람들의 마음과 마음이 통할 리 있겠는가. 저마다 휴대전화기를 만지느라 남을 생각할 여유가 없다. 삶의 환경이 우리의 마음을 막아버린 것은 아닌지. 문명의 혜택도 크지만, 그 역기능도 크다. 하지만 우리는 지혜로운 조상들의 후손이 아닌가. 흙은 자연의 일부이고, 창호지는 자연물을 이용하여 만든 종이다. 방풍과 통풍의 상반된 두 기능을 동시에 갖는 창호지의 초과학성은 우리 조상들의 지혜에서 나왔다.

우리나라의 종이는 시대에 따라 계림지, 삼한지, 고려지, 조선지 등으로 불려오다가 지금은 한지라 한다. 《한국과학사》에 의하면 종이는 중국 전한시대에 발명하여 후한 때 크게 개량되었다고 한다. 《삼국사기》에는 고구려 초기역사를 기록한 《유기》에 낙랑시대의 고분에서 닥종이 뭉치가 발견되었다는 기록이 있고, 또 《일본서기》에는 고구려 영양왕 20년에 담징이 종이, 벼루, 먹 등을 일본에 전했다고 한다. 그리고 신라 불국사 석가탑에서 우리 종이에 쓴 불교경전이 나왔다. 이것들로 미루어 보면 종이를 만든 역사가 삼국시대 초기로 소급될 수 있다. 그리고 송나라 손목이 쓴 《계림유사》에는 고려의 닥종이가 윤택이 나고 흰빛이 좋아서 백추지라 했으며, 중국의 《송사》에도 나오는 고려의 백추지는 중국의 종이보다 질적으로 우수했다고 한다. 이후 조선에서 만든 종이도 최고의 품질이었다. 《조선왕조실록》, 《승정원일기》와 같은 문헌이 유네스코 세계기록문화유산으로 등재된 것은 뛰어난 보존성을 가진 조선지가 있었기에 가능했다. 최근 이탈리아 로마의 바티칸 박물관에서 고문서와 예술작품 복원에 한지를 사용하게 됨으로써 또 다른 한류열풍이 예고되고 있다. 한때 고미술 작품의 복원에 일본의 화지가 널리 이용되었다. 그러나 한지의 질적 우수성이 뒤늦게 확인된 것이다. 8천 년이나 견딜 수 있는 내구성을 가진 우리의 한지는 유연성이 뛰어나고 결이 없어서 복원용에 가장 적합한 종이로 알려져 있다.

한옥의 문에 바른 창호지 덕에 방안에서도 밖을 알았다. 마당에 들어오는 사람의 발자국 소리로 누군가를 분간할 수 있고, 바깥의 바람 소리나 빗소리를 들을 수 있었다. 그리고 멀리서 들려오는 짐승 소리와 풀벌레 소리를 방안에서 다 들었다. 심지어 겨울철 눈 오는 소리까지 들었다. 우리 조상들은 흙으로 만든 벽과 흙으로 만든 온돌방에서 땅의 기운을 받으며 살았다. 단지 이슬과 짐승을 피하기 위해 집을 지었을 뿐이다. 이보다 더 자연에 가깝게 사는 방법이 있을까.

또 한옥에는 문과 문 사이, 문과 문틀 사이에 문풍지를 바른다. 문풍지, 이것은 어쩌면 없어도 무방할 것 같은 종이다. 그러나 꼭 필요하다. 비록 하잘것없어 보이지만 없어서는 안 된다. 한국은 계절의 변화가 뚜렷하여 사계절 온도와 습도의 차이가 크다. 여름철과 겨울철은 온도와 습도 차이가 커서 문과 문 사이의 틈이 미세하게 늘어났다 줄어들었다 한다. 겨울철에는 문풍지가 문과 문 사이에 벌어진 틈 사이로 들어오는 바람을 막아주고, 여름철에는 장마로 인한 바깥의 높은 습기를 문풍지가 막아서 방 안의 습도를 조절한다. 문에 바르는 창호지가 주연이라면 문틈 사이에 바르는 문풍지는 조연이다. 조연이 때로는 주연 이상의 역할을 한다. 결코 무시할 수 없다. 연극이나 영화뿐 아니라 우리 인생살이에서 조연 없는 주연은 외롭고 건조하다. 조연을 잘 대우해야 주연이 역할을 제대로 할 수 있다. 주연과 조연의 적절한 역할분담이 필요하고, 서로간의 존재가치를 인정해야 한다. 방자와 향단이가 없는 춘향전이 무슨 맛이 있겠는가. 그런데 지금 우리 사회에는 저마다 조연은 마다하고 주연만 고집한다. 그렇게 되면 끝내는 모두가 조연이 되고 말 것이다. 주연을 원한다면 먼저 조연을 해야 한다. 주연만 존재하는 세상은 어디에도 없다. 조연의 가치를 인정하고 우대하는 사회가 민주사회요 복지사회다.

한옥은 대개 일 년에 한두 번쯤 문종이를 새로 바른다. 문풍지도 마찬가지다. 그러면 방 안이 훨씬 밝아진다. 방은 문을 통해 바깥과 소통한다. 자연과의 통로가 문이다. 자연과 소통하고 사람과 소통한다. 한옥에서 문은 사람의 눈과 같다. 눈이 맑아지면 온 세상을 밝게 바라볼 수 있다. 희망을 가질 수 있다. 그래서 우리 조상들은 문에다 신기한 창호지를 발랐을 것이다.

한옥에서 온돌과 마루는 중요한 구조물이다. 온돌은 북방에서 왔고 마루는 남방에서 왔다. 한반도는 대륙성 기후와 해양성 기후가 계절에 따라 교류한다. 겨울에 온돌방이 필요하고 여름에는 마루가 필요하다. 아궁이의 열기를 받은 구들이 방바닥을 데우는 온돌이다. 밥을 짓고 남은 열기가 구들 밑으로 들어간다. 아궁이쪽 구들은 두껍고 멀어질수록 얇다. 불기운을 오래도록 구들 밑에 머물게 하기 위해 여러 갈래의 막이를 해 놓는다. 아궁이에서 굴뚝까지 멀지 않지만, 아궁이의 열기가 구들 밑을 이리저리 통과하여 굴뚝까지 나가는 거리를 길게 했다. 아궁이에서 발생된 열기가 구들 밑에서 되도록 오래 머물게 한 장치다. 열에너지의 효율성을 극대화하기 위한 한옥의 구들이다. 조선 후기의 연암 박지원은《열하일기》에서 청나라의 구들이 조선보다 기술적으로 앞선다고 기록했으나, 우리 온돌방의 구들이 장시간 열기를 저장하는 점은 실용적이고도 과학적이다. 불기운이 구들 밑을 거쳐 굴뚝으로 나갈 때는 연기로 변한다. 한옥 굴뚝의 연기는 공장 굴뚝의 연기와 다르다. 색깔도 다르고 냄새도 다르고 분위기도 다르다. 잿빛 색깔의 한옥 굴뚝 연기는 하늘을 향해 날아가기도 하고, 옆으로 퍼져나가기도 하고, 때로는 땅바닥으로 낮게 깔리기도 한다. 짚이나 나무를 땔감으로 사용해서 그 냄새가 구수하고 친근하다. 한옥 굴뚝의 연기는 아련하게 퍼지는 안개꽃처럼 몽글몽글 피어오르기도 하고, 비 갠 뒤의 무지개처럼 길게 뻗어서 어디론가 사라지기도 한다.

아궁이는 땅이고 굴뚝 위는 하늘이다. 연기는 땅과 하늘을 이어준다. 땅과 하늘 사이에 온돌방이 있다. 거기서 우리 조상들이 오순도순 살아왔다. 열기가 구들 밑을 천천히 지나면서 연기로 변하여 굴뚝 끄트머리까지 기어올라 하늘로 날아간다. 연기가 땅의 기운을 하늘로 실어 보내고 하늘의 기운은 굴뚝을 통해 받아들인다. 우리는 땅의 음기와 하늘의 양기를 두루 받으며 살아온 민족이다.

한옥에는 큼직한 대문도 없고 높은 담도 없었다. 일부 사대부를 제외한 대부분은 작은 집이었다. 거기에 무슨 대문이 필요하고 담이 필요했을까. 깊이 감출 것도 없고 갈무리해야 할 것도 없었다. 그러니 대문과 담은 사족에 불과했다. 큰 집을 가진 소수의 부잣집만 대문과 담이 있었다. 과거 사대부들 중에서 과연 정상적인 부자가 얼마나 되었을까. 지금도 고위직 사람들의 부정이 끊이지 않는데, 옛날은 어떠했을지 짐작하고도 남는다. 큰 대문과 높은 담이 부의 상징이기도 하지만, 의심의 대상이기도 했을 것이다. 그래서 '큰집 안에 사는 사람과 대문 밖에서 안쪽을 기웃거리는 사람 중 누가 더 문제일까?'와 같은 풍자적인 질문이 생겨나지 않았을까. 대문 없이 지낸 우리 조상들은 비록 가난했지만, 옆집의 숟가락 숫자까지 알았다. 서로를 알고 따뜻하게 배려하는 마음, 이것이 그들의 행복을 담보하는 삶의 방식이었다.

우리 조상들의 의·식·주는 자연과 조화를 이루었다. 옷의 모양이 그렇고, 음식 만드는 방법이 그렇고, 집의 구조가 그렇다. 한복 저고리의 깃, 치마와 두루마기의 자락이 자연과 닮았고, 된장과 김치가 숙성될 때까지 넉넉하게 기다려야 하는 것도 자연을 따랐고, 흙과 나무로 만든 한옥도 자연과 어울리게 조성했다. 이것이 모두 우리 민족의 지혜로운 삶의 방식이었다. 우리가 오랜 농경생활을 해 왔음에도, 짧은 기간에 산업사회를 거쳐 정보화시대를 열었다. 이제 생활방식과 사고방식이 많이 달라졌다. 그러나 우리의 내면에는 은근과 끈기로 다져진 공동체의식과 자연친화적으로 살아온 조상들의 피가 면면히 흐르고 있다. 이것이 한국의 바탕문화다.

한글 수출

인류 최고의 발명은 문자다. 문자가 없었다면, 과연 오늘과 같은 고도의 문화를 꽃피울 수 있었을까. 말은 어느 종족이든 가지고 있지만, 문자는 그렇지 않다. 말의 종류가 수천 가지인데 반해, 문자는 그렇게 많지 않다. 게다가 문자의 숫자는 자꾸 줄어드는 추세다. 세력이 강한 문자가 약한 문자를 시나브로 잠식해 버리기 때문이다. 과거에는 군사력이 강력한 침략의 도구였지만, 지금은 눈에 보이지 않는 문화 침략이 끊임없이 진행되고 있다. 그래서 남의 문자를 사용하는 나라나 종족이 자꾸 늘어나고 있다.

우리 한글은 불과 6백 년 전에 만들었지만, 세계에서 가장 우수한 문자로 평가받고 있다. 영국 옥스퍼드대학에서 실시한 세계문자경연대회에서 한글이 1위를 차지했다. 그 결과 유네스코에서 '세종상'을 제정하여 해마다 세계에서 문맹퇴치에 이바지한 공이 큰 개인이나 단체에 상을 주고 있다. 한글의 우수성을 국제적으로 널리 인정받은 결과이다. 우리가 문화적인 자부심을 가져도 좋을 근거가 여기에 있는 것이다.

한글은 1문자 1소리의 문자이다. 영어는 한 문자에 여러 소리가 나는 문자이다. 그래서 영어권 나라의 문맹률이 아주 높다. 이를테면 한글 'ㅏ'에 대응하는 영어 'a'를 포함한 단어를 살펴보자. mark, walk, answer, about, race 등의 단어에 사용된 문자 'a'는 그 소리가 각각 다르다. 하지만 아버지, 가랑비, 나무, 하늘 등의 단어에 사용된 문자 'ㅏ'는 오직 한 소리 [a]만 난다. 한국에서 문맹자는 거의 없다. 가끔 우리 한글의 겹받침이 어렵다는 얘기를 듣는다. 실제로 그런지 겹받침을 가진 '값'이란 단어를 살펴보자. 이 단어 뒤에 모음이 오면 받침의 두 문자 소리가 모두 나지만 (값이, 값으로), 자음이 오거나 아무 것도 없으면 문자 'ㅅ'은 소리가 나지 않고 문자 'ㅂ'만 소리가 난다(값도, 값). 따라서 한글의 겹받침을 표기하기 곤란할 때는, 그 단어 뒤에 모음을 붙여서 소리가 나는 대로 받침을 붙이면 된다. 전혀 어렵지 않다. 초등학교 5학년생 정도면 충분히 바르게 쓸 수 있다. 그러나 영어 단어 'climb' 의 마지막 문자 'b' 와 'knife' 의 첫 문자 'k' 는 어떤 음성조건에서도 소리가 나지 않는다. 한글 단어 '값' 은 그 음성조건에 따라 문자 'ㅅ' 의 소리가 나기도 하고 나지 않기도 한다. 영어 단어 'climb' 에서 문자 'b' 와 'knife' 에서 문자 'k' 는 어떤 음성조건에서도 소리가 나지 않는다. 영어에는 이런 단어가 무수히 많다. 영어 단어에 소리가 전혀 나지 않는 문자가 포함되어 있는 것이 오랜 역사적 관행인데, 문자의 기능성을 감안하면 매우 비경제적이고 비과학적인 문자인 것이다. 그럼에도 불구하고 영어문자가 한글 문자보다 더 우수한 문자인 줄 잘못 알고 있는 게 안타깝다.

세종이 창제한 한글에 대해 정인지 선생은 총명한 사람은 하루아침에 다 익힐 수 있고, 그렇지 않은 사람이라도 열흘이면 다 익힐 수 있다고 했다. 한글은 그만큼 쉬운 문자이면서 기능성이 뛰어난 문자이다. 이를테면 한글 단어 '언어' 는 컴퓨터 자판을 5번 누르고, 이에 대응하는 영어 단어 'language' 는 8번 누른다. 그러나 '하늘' 은 5번 누르고 'sky' 는 3번 누른다. 하지만 대부분의 경우 영어 단어보다 한글 단어가 자판 누르는 횟수가 적다. 따라서 미국에서 개발한 컴퓨터지만 한글 문자가 영어문자에 비해 컴퓨터 기능성이 뒤지지 않는다. 한글은 사람의 발성기관을 본떠서 기본자를 만든 문자다. 즉 소리를 따라 문자를 만들었다. 한글의 자음과 모음은 각각 소수의 기본자에 가획하거나 합성한 문자가 대부분이다. 세계의 많은 언어학자들이 한글의 과학성을 인정하고 극찬한다. 미국의 캘리포니아 주립대학 다이아몬드 교수는 "한글은 인류가 개발한 문자 중에서 가장 독창적이고 뛰어난 문자임을 발견했다."고 하고, 영국 서섹스대학 샘슨 교수는 "한글은 인류의 가장 위대한 지적 성취 가운데 하나다."라 하고, 네덜란드 라이켄대학 보스 교수는 "한글이야말로 세계에서 가장 훌륭한 문자이다."라고 했다. 이렇듯 외국인은 한글이 세계 최고의 문자임을 아는데 정작 한국 사람이 잘 모르고 있다. 우리가 한글의 우수성을 모른 채 남의 문자에 맹목적으로 매달리면 누가 우리 문자와 우리 문화에 관심을 가지겠는가.

우리는 세계 여러 나라에 한국어와 한국문화를 알려주기 위해 '세종학당'을 수년 전부터 개설해 왔다. 2015년 기준으로 54개국에 모두 138개의 세종학당을 개설했다. 작년에도 아시아 13개국, 유럽 8개국, 중동 4개국, 미주 2개국을 개설했는데, 정부에서는 2017년까지 200개의 세종학당을 세계 각국에 개설할 계획이라 한다. 그리고 이 사업을 수행하기 위해 정부에서는 한국어와 한국문화를 외국인에게 가르칠 유능한 교육담당자를 여러 방법으로 육성하고 있다. 더 고무적인 것은 외국에 개설한 세종학당에 입학 경쟁률이 3 대 1이 넘는 데도 있고 수백 명이 대기하는 데도 있다고 한다. 또 대학입시에 한국어를 제2 외국어로 선택할 수 있게 하는 나라가 차츰 늘어나고 있다. 이런 현상은 한글이 세계를 향해 뻗어나가는 희망의 청신호이다. 참으로 가슴 뿌듯한 일이 아닐 수 없다. 한글학자 주시경 선생은 "말이 오르면 나라가 오르고 말이 내리면 나라가 내린다."고 했다. 정말 실감나는 말이 아닐 수 없다. 우리의 국력이 결코 만만하지 않다. 한국의 국력과 한글의 세력은 서로 함수관계를 가진다. 한글이 세계 각국으로 퍼져 나가고 있는 현상은 곧 대한민국의 문화영토가 점점 확장되고 있음을 뜻한다. 세종학당을 개설한 나라 중에는 고유문자가 있는 나라도 있지만 없는 나라도 많다. 전자의 경우는 한국어를 외국어로 습득하지만, 고유문자가 없는 나라에서는 그들의 음성언어에 맞춰 한글을 표기수단으로 삼을 수 있다.

이미 수년 전 훈민정음학회에서 인도네시아의 찌아찌아

족에게 한글 문자를 사용할 수 있게 도와준 것이 미국의 '뉴욕타임스'와 '월스트리트저널', 일본의 '요미우리' 등에서 대대적으로 보도된 바 있다. 또 아프리카 케냐의 표콧족과 중국의 소수민족인 로바족 그리고 동티모르 등에 한글을 그들의 문자로 사용할 수 있도록 했으며, 그 밖에도 고유문자가 없는 세계 도처의 여러 종족들에게 한글을 그들의 문자로 사용할 수 있게 도와주고 있다. 최근 남미 볼리비아의 아이마라족에게 그들의 음성언어를 한글로 표기할 수 있는 방법을 구체적으로 알려 주었다. 아이마라족은 약 3백만 명이나 되는 종족으로 페루, 칠레, 볼리비아 등지에 흩어져 살고 있는데, 현재 볼리비아 대통령 에보 모랄레스가 바로 아이마라족 출신이다. 그런데 정말 놀라운 사실은, 아이마라족이 사용하는 말이 한국어와 같이 '주어+목적어+서술어'의 어순을 가지고 있는 점이다. 수년간 연구를 통해 이런 사실을 찾아낸 서울대 권재일 교수팀이, 아이마라족이 지금 사용하고 있는 스페인 문자가 그들의 음성언어를 표기하기에 부적합할 뿐 아니라 큰 어려움이 있음을 확인했다. 그래서 그들이 스페인 문자 대신 한글 문자를 사용할 수 있도록 했다. 대부분의 한글 문자는 그대로 사용하되, 자음 한두 개를 새롭게 손질했다. 이를테면 'ㄹㄹ'을 활용하고 유성음, 무성음, 유기음 등을 일부 조정함으로써 아이마라족의 음성언어를 표기하기에 적합하도록 고쳤다. 그리고 이 연구팀은 과거에 식민 지배를 겪은 아이마라족의 외래문화에 대한 혐오감을 자극할 것을 염려하여 우리의 미래창조과학부와 함께 스마트폰용 아이마라어 한글 입력기를 만들어 그들에게 보급했다. 이것은 기존의 스페인어 입력기와 한글 입력기를 비교할 수 있게 함으로써 한글 문자의 뛰어난 기능성을 확인시킨 조치였다.

모두가 한글 문자의 우수성에 바탕을 두고 있다. 한글의 과학성, 기능성, 실용성은 다른 어느 문자도 따라올 수 없다. 물과 공기의 중요성을 잊고 지내듯이 우리는 매일 사용하는 한글의 우수성을 모르고 살아간다. 외국어를 막연하게 동경하는 태도는 옳지 않다. 세계화의 환경에 적응하기 위한 외국어 공부를 멀리하자는 게 아니다. 약소민족의 문자가 하나씩 사라져 가는 21세기 세계화의 문화 풍토 속에서, 한글 수호는 대한민국의 정체성을 지켜나가는 기본이며 나라 발전의 필수 조건이다. 한국인의 정신, 역사, 전통, 문화, 관습, 행동양식 등이 녹아 있는 문자가 한글이다.

21세기는 문화산업의 융성이 그 어느 때보다 주목을 받고 있다. 수년 전부터 '한류' 바람이 세계로 퍼져나가고 있긴 하지만, 지속적인 동력을 유지하기 위해 각종 문화 콘텐츠 개발이 절실하다. 현재 한창 진행 중인 문화전쟁의 판세는 미국을 비롯하여 일본, 중국 등이 선두경쟁을 벌이고, 그 뒤로 영국, 독일, 프랑스 등 유럽 국가들도 그 나름의 세력을 형성하고 있다(박재복:2015). 우리나라도 한류를 통해 그 잠재력을 확인하였고, 문화산업 분야의 경쟁력 제고가 중요하다는 데 공감하고 있다. 한글 문자의 과학성과 신기술의 융합 등에서 소기의 성과를 올리고 있지만, 더 적극적인 투자와 다양한 연구가 뒤따라야 할 것이다.

한글은 세계 최고의 문자이다. 날이 갈수록 한글에 대한 외국인들의 관심이 더욱 높아질 것이고, 한글의 수출도 지속적으로 확대될 것이다. 우리 문화영토의 확장은 곧 우리 국력의 신장이다.

3부

새도 날아가지 못하는 데가 있다

맏이

여러 남매의 맏이로 태어난 건 행운이다. 요사이는 한 가정의 아이가 한둘이다. 많다는 가정이 기껏 셋 정도다. 하지만 산업화 바람이 한창이던 1970년대까지만 해도 한 가정의 자녀가 적어도 너덧은 되었다. 그 전에는 더 많았다. 아주 드물게 하나만 둔 가정도 있긴 했다. 지금은 '외동딸' 이니 '외동아들' 이란 단어가 그 의미의 생명을 거의 상실한 상태지만, 그때는 자주 사용되었다. 언어는 그 사회상을 그대로 반영하는데, '외동딸' 과 '외동아들' 은 이제 언어로서의 기능을 온전하게 수행하지 못한다. 딸이든 아들이든 한 아이만 둔 가정이 대부분이기 때문에 그런 말이 사용될 필요가 없어졌다. 불과 수십 년 사이에도 언어 기능에 변화가 이렇게 심하다. 사회의 변화 속도가 빠른 데 따른 변화다. 그런 단어들은 머지않아 고어사전에 등재될 운명이다. 언어도 사람과 같이 생로병사의 과정을 겪는다.

맏이라는 단어도 과거와 같이 한 가정에 여러 남매가 있는 경우에 그 생명력이 강했지만, 요즈음과 같이 한두 자녀를 두는 가정에서 맏이라는 단어가 갖는 의미는 종전과 같지 않다. 한두 자녀가 전부인 가정에서 맏이라는 단어의 의미는 부각되지 않는다. 6, 70년대까지만 하더라도 맏이는 민법의 규정에 관계없이 부모 다음으로 그 가정을 책임지는 것이 당연하게 여겨졌다. 그러나 정보화 사회, 4차 산업사회에 살고 있는 오늘날에는 과거와 많이 다르다. 맏이든 아니든 차이가 없다. 종래에는 한 가정의 맏이라고 하면 일반적으로 책임이 무거운 것으로 인식되었기 때문에, 혼기에 있는 규수를 둔 집에서는 맏아들과 혼인하기를 꺼리는 경향이 더러 있었다. 요사이 혼인하려는 처녀와 총각이 그런 말을 들으면, 모르긴 해도 크게 의아해할 것이다.

나는 팔남매의 맏이다. 먼저 태어나면 부모의 사랑을 먼저 받을 뿐 아니라 가장 많이 받는다. 젊은 부모의 사랑을 먼저 받는 것은, 농가에서 처음 수확하는 과일이나 곡식을 먹는 기쁨에 견줄 수 있다. 과일밭에서 처음 수확하는 과일이 맛이 좋고 당도가 높은 것은 그 과일이 영양을 가장 많이 흡수하고 또 일조량도 가장 길었기 때문이다. 그리고 논밭에서 먼저 수확한 곡식으로 밥을 지으면 밥맛이 정말 좋다. 한 가정의 맏이로 태어나면 아버지와 어머니의 첫사랑을 고스란히 받는다. 첫째 아이에 대한 애정과 관심이 어떠했는가는 나이 든 사람들은 다 안다. 맏이로 태어나면 햇과일, 햇곡식과 같은 부모의 사랑을 듬뿍 받으며 자란다. 세상 어떤 것이 아버지와 어머니의 사랑만큼 소중한 것이 또 있을까. 동생들이 태어나더라도 맏이에게 쏟는 부모의 사랑에는 변함이 없다. 나는 아래로 일곱 동생들이 있지만, 누구도 나만큼 부모의 관심과 사랑을 받지 못했다. 좋은 옷과 맛있는 음식은 맏이에게 먼저 입히고 먹였으며, 무엇이든 맏이가 항상 우선이었다. 아마 부모의 사랑 7할은 맏이인 내가 받고 나머지 3할의 사랑을 일곱 동생들이 나누어 받았을 것이니, 그들의 사랑 굶주림이 얼마나 컸을까? 나 혼자만 아버지와 어머니의 사랑을 너무 많이 독차지해 왔기에 지금도 동생들에게 미안하다.

또 맏이의 제일 큰 행운은 부모를 가장 오래도록 뵐 수 있는 점이다. 이것이야말로 어느 누구와도 바꿀 수 없는 특권

중의 특권이다. 이것은 맏이가 동생들에게 양보할 수도 나누어 줄 수도 없는 맏이만 누리는 행운이요 행복이다. 그래서 예부터 부모는 맏이에게 주는 관심과 달리 막내에게 애잔한 마음을 보냈는지 모른다. 내 아래로 여동생이 다섯인데, 이들이 아버지와 같은 밥상에서 식사하는 모습을 거의 보지 못했다. 하지만 나는 늘 아버지와 함께 식사한 것으로 기억한다. 그 당시는 아들을 선호하는 의식이 팽배했던 때라 그것이 그리 각별하게 여겨지지 않았다. 요새 같으면 도무지 이해할 수 없는 일이 그때는 매우 자연스러웠다. 불과 반세기 이전의 일이다. 나는 또 동생들 복도 많다. 어느 동생은 집안 행사 때마다 아무도 몰래 자신이 경비를 지불해 놓고 오빠인 내가 다 낸 것처럼 다른 사람들에게 알림으로써, 맏이의 얼굴 드러내기에 바빴다. 이런 일은 한두 번이 아니다. 값비싼 옷이나 구두 등 좋은 것이면 뭐든지 맏이의 몫을 빼놓지 않고 챙겨준 동생들이 고맙고 대견하다. 생각지도 않게 골프라는 걸 해 본 것도 동생이 준 골프채 때문이었고, 서재에서 책 보다가 기대어 쉴 수 있는 안락의자도 동생이 마련해 주었다. 심지어 내가 보기엔 멀쩡한 자동차를 동생이 억지로 새 차로 바꿔주기까지 했다. 맏이의 행운이 여기까지 미칠 줄은 아마 누구도 상상하지 못할 것이다.

그런데 동생들에게 마음으로 감사할 뿐 무엇 하나 도와준 게 없다. 나는 부족한 형이요 못난 오빠다. 어머니가 우리 집에 오셔서 어쩌다가 주무실 때가 있었다. 저녁식사 후 어머니와 잠시 얘기하고는 평소대로 내 방에 들어가 책을 보았다. 이를 보신 어머니가 나중에 두 남동생에게 "느그 형은 나이 쉰이 넘어서도 책만 잡고 있는데, 느그가 형을 도와줘라."고 하셨단다. 맏이가 공부에만 몰두하는 것이 퍽이나 안타까우셨는가 보다. 어머니의 그런 말씀이 없으셨을 때도 동생들에게서 온갖 도움을 받으며 지내왔고, 그들은 모두 나에게 믿음직한 울타리고 버팀목과 같은 귀한 존재들이다.

또 문중의 각종 행사에서 우리 갈래의 장손인 나에게 대우가 다르다. 윗대 조상의 묘소를 참배할 경우 맏이로서 나만 술잔을 올린다. 우리 문중의 이런 관례는 오랜 기간 달라지지 않았다. 가정에서나 문중에서나 맏이는 동생들과 엄연히 구별된다. 또 집안의 대소사에 맏이가 미처 도착하지 않으면 대부분의 경우 그 행사를 진행하지 않을 만큼 모두들 맏이를 예우해 준다.

아버지 어머니가 맏이인 나에게 깊은 애정을 한없이 쏟아주셨음에도 불구하고, 흔히들 얘기하는 맏이에게 무거운 책임을 맡기지는 않으셨다. 동생들이 대학 다닐 때 몇 년간 같이 지내기는 했지만, 어떤 부담도 지우지 않았다. 또 동생들이 혼인할 때도 마찬가지였다. 나만큼 복이 많은 맏이는 세상 어디에도 없을게다. 내가 한 번도 부모를 모시지 않은 불효자인데도 말이다. 아버지는 3년 전 다시 뵐 수 없는 먼 길을 홀연히 떠나셨다. 아흔 두 번째 생신 이틀 뒷날이었다. 아버지 잃음의 아픔을 천붕지통이라 했는데, 이 말이 무슨 뜻인지를 나는 그때 비로소 알게 되었다. 아버지가 어떤 분이며 어떻게 살아오셨는지도 먼 길을 떠나시고 난 뒤에야 겨우 깨닫게 되었으니, 나는 맏이로서 자격이 없는 사람이다. 그럼에도 부모형제로부터 사랑을 독차지해 왔다.

우리 집에서 제사를 모신다. 당일 아침 심신을 정제하고 지방과 축문을 쓰면 내가 할 일은 끝이다. 물론 이삼일 전 아내와 함께 제물을 준비한다. 모두들 퇴근하고 멀리서 오느라 허둥댄다. 요즈음은 전과 달리 가능하면 좀 일찍 모신다. 제관들이 돌아가서 다음 날 출근해야 하기 때문이다. 매년 조금씩 시간을 앞당겨 왔다. 마친 뒤 둘러앉아서 오순도순 그 간의 얘기들로 시간 가는 줄 모른다. 모처럼의 시간이 짧기만 하다. 제삿날은 조상을 추모하는 날이기도 하지만, 흩어져 살아가는 자손들이 한 자리에 모이는 날이다.

오히려 자손들의 우애를 일깨워주는 날이 아닐까. 요새는 과거와 달리 제사가 많이 간소화되었다. 간단하게 치르더라도 자손들 사이의 인정만은 간소화되지 않았으면 좋겠다. 훈훈한 마음마저 식어버린다면 삶이 너무 메마르지 않겠는가.

맏이의 행운, 이것은 아무나 누릴 수 없는 복이다. 햇과일 햇곡식과 같은 부모의 사랑을 이슬처럼 받고 자라는 맏이다. 그러니 마음이 넉넉한 맏이가 되어야 한다. 가족들 사이의 윤활유와 같은 역할도 맏이의 몫이고 매사 두루두루 잘 처리하야 하는 일도 맏이의 몫이다. 어릴 때부터 받기에 길들여진 관성에서 벗어나지 못하면 모두가 불편하게 된다. 맏이가 마음을 열어야 집안이 편안해지고, 잡음이 일지 않는다. 부모 사랑을 많이 받은 만큼 그 역할이 중요하다. 자동차는 일방통행이 있지만, 인생길은 쌍방통행이라야 한다. 그래야 모두가 웃는다.

아버지의 교육법

어느 시대를 막론하고 교육은 모든 이의 관심의 대상이었다. 인간답게 살아가기 위해 인성교육에서 지식교육에 이르기까지 교육이 필요했다.

서양에서는 일찍이 플라톤이 개인적 본성에 맞게 사회적 역할을 강조하였으며, 아리스토텔레스는 인간적인 삶을 위해 도덕과 지성의 겸비를 강조하고 지성적 삶의 가치와 실용적 삶의 가치를 동시에 추구했다. 고대 중국에서는 개인성보다 사회적 안정을 우선하고 창조적 인격형성보다 기존 질서에 순응하기를 강조했다. 그리고 인륜의 질서와 명분을 중시하고 공직자에게는 수기안인할 것을 가르쳤다. 한편 우리나라에서는 삼국시대부터 공교육기관이 있었으며, 건국이념인 '홍익인간'을 바탕으로 개인적 수양과 공동체 의식을 강조해 왔다. 모두 인간다운 인간을 양성하는 교육이라는 점에서 동서양이 크게 다르지 않았다.

평소 아버지는 공부하라는 말씀을 하지 않았다. 그런 말씀을 하지 않는 대신 당신이 먼저 솔선하셨다. 아버지는 언제나 저녁 일찍 주무셨다. 집에 귀한 손님이 오셔도 주무시는 시간은 별 차이가 없다. 저녁 식사 후 한두 시간을 채 넘기지 못한다. 그래서 새벽 일찍 일어나신다. 그 이른 시각에 세수하고 얼마동안 명상을 한 뒤 붓글씨를 쓰셨다. 대개 신문지나 갱지에다 붓으로 쓴다. 어떤 때는 책을 펴두고 보면서 쓰기도 하고, 어떤 때는 당신의 생각이나 기억하는 책의 내용을 옮겨 쓰기도 했다. 그래서 아침에 아버지 방에 들어가 보면 먹물 냄새가 났다. 냄새라기보다 향기라고 하는 것이 좋을 정도였다. 먹물의 향기는 오래도록 아버지 방 안에 머문다. 여름철 문을 열어두면 그 묵향이 좀 일찍 사라지지만, 겨울철에는 온종일 묵향이 가시지 않는다. 아버지가 새벽에 늘 공부하시는 걸 그 방의 먹물 냄새로 알아차렸다. 그리고 방 한쪽 구석에는 아버지의 붓글씨가 담긴 신문지나 허드레종이가 쌓여 있었다. 그 종이의 양이 일정하지는 않지만, 상당한 분량이었다. 아버지 방에는 벼루와 붓을 넣어 두는 말쑥한 벼루 통이 언제나 정해진 위치에 놓여 있었다. 벼루 통을 열어서 아버지가 쓰다 남은 먹물에 붓을 적셔 글씨를 써 본 적이 더러 있었다. 학창 시절 나무 그늘 아래서 서툴게나마 아버지의 붓글씨 흉내를 내보긴 했으나, 제대로 배워본 적은 없다.

그런데 오래 전에 만용을 부렸던 일이 생각난다. 하숙집의 옆집을 새로 짓는데, 대들보를 올리는 날이었다. 그 집 주인이 하숙하는 학생 중에 붓글씨를 쓸 줄 아는 사람을 찾는 것이 아닌가. 아무도 쓰지 못한다고 하니까 그분이 매우 난감해 하는 표정이었다. 그래서 내가 한번 써 보기로 했다. 떨리는 손을 진정시키고 말끔하게 다듬은 목재에 다가갔다. 기다란 대들보의 양쪽 방향으로 먼저 용자와 호자를 쓰고 난 뒤 그 사이에 상량하는 연월일을 썼다. 등줄기에 땀이 느껴질 정도로 긴장했다. 가까스로 한 번 만에 끝냈다. 그것이 난생 처음이자 마지막 상량문 쓰기였다. 잘 차린 음식을 한 상 얻어먹긴 했지만, 무턱대고 덤빈 일이었다. 상량문은 단 한 자만 잘못 써도 다시 써야 한다. 붓끝을 나무에 대는 순간 먹물이 순식간에 파고들어가 버리기 때문이다. 정말이지 그때 실수하지 않은 것이 천만다행이다.

그런 무모한 일을 별 거리낌 없이 저지를 수 있었던 것은, 아버지 방에 들어가서 혼자 붓을 들어본 경험이 있었기에 가능했을 것이다. 아버지가 새벽에 일어나서 항상 붓글씨를 쓰신 게 아들로 하여금 당신을 닮으라는 무언의 가르침이 아니었을까. 명절이나 제삿날 붓으로 지방이나 축문을 쓸 수 있는 것도 그때 솔선하신 아버지의 가르침에 힘입은 결과다. 늦잠 자지 말고 일찍 일어나서 공부하라는 말씀 대신 몸소 이른 새벽부터 붓을 든 모습을 보여주신 아버지다. 그런 아버지 밑에서 자라고 배운 나는 평생 책을 보는 직업으로 살아왔고 지금도 그렇게 살아간다. 조그마한 내 서재에 책과 컴퓨터는 놓여 있으나, 아버지 방에서 맛본 진한 그 묵향은 느낄 수 없다.

최근 나는 붓글씨를 배우고 있다. 한 후배 교수의 강권에 변명할 겨를도 없이 얼떨결에 붓을 들게 되었다. 그 교수가 배우고 있는 서예 연구실에 그냥 한번 가자기에 따라갔다. 서예도구 일체를 미리 준비해 두었다가 느닷없이 서예 선생님 앞에서 내게 건네주는 것이 아닌가. 후배 앞에서 꼼짝할 수 없는 선배가 되고 만 것이다. 못난 선배를 인도한 멋진 후배가 고맙다. 사실은 꽤 오래 전부터 붓글씨에 관심이 있었지만, 이런저런 핑계로 미루어 온 게 10년이 훌쩍 넘었다. 후배 교수에게서 받은 귀한 선물 보따리에 모든 도구가 들어 있었지만, 먹은 없다. 오래 전 아버지의 방에서 맛본 묵향을 생각했는데, 먹 대신 먹물이었다. 하기야 벼루가 있으니 먹을 사서 사용하면 된다. 그러나 요사이 붓글씨 쓰는 이들은 대개 먹물과 물을 적당하게 섞어서 사용한단다. 먹을 가는 시간을 절약할 수 있어 편리하다. 하지만 먹을 갈면서 마음을 정리하고 글씨 쓸 내용을 생각할 시간은 생략되었다. 아버지 방의 묵향은 아련한 추억 속에서나 느낄 수밖에 없다. 요사이도 내 서재에서 책을 펼치면 어릴 적 아버지 방에서 나던 그 묵향에 대한 그리움이 밀려오기도 하고, 방바닥에 앉으신 채 붓글씨 쓰시는 아버지의 진지한 모습이 선하게 떠오른다.

내가 어릴 적에는 거지가 참 많았다. 절대빈곤의 시대라 아침밥을 먹을 때쯤이면 거지가 집집마다 돌아다녔다. 대개의 경우 그들이 가져온 그릇에다 밥을 조금 덜어주고 마는데, 우리 집은 그것이 허용되지 않았다. 아버지의 거지에 대한 예우가 특별했기 때문이다. 대부분 거지에게 밥을 주고 담벼락 밑에서 먹고 가게 하는 것이 보통인데, 아버지는 절대 그렇게 하지 못하게 했다. 그들을 마루에 앉게 하여 우리와 똑같이 밥상을 차려 갖다 주게 하고, 식사 뒤에는 반드시 물그릇까지 밥상에 올려주라고 하셨다. 그래서 그런지 우리 집에 오는 거지들은 서로 잘 아는 집에 방문하듯이 웃으면서 인사까지 하는 걸 자주 보았다. 그들이 돌아가고 나면 아버지는 "사람은 다 똑 같대이."라고 짤막하게 언급하시는 것이 전부였다. 사람은 누구나 동등한 존엄성을 가지므로 거지에게도 우리와 똑같이 예우해야 한다는 것이다. 넉넉한 사람에게나 거지에게나 똑같이 대접하라는 것이었다. 처음에는 그것이 좀 이상하기도 했지만, 나중에는 으레 그들에 대한 예우라 여기고 별다른 생각을 하지 않았다. 밥을 먹지 못한 사람에게 밥을 대접하는 것보다 더 좋은 일이 또 있을까. 이것이 나누는 삶의 시작이다. 그런 걸 아버지는 자식들에게 교육하신 것이다. 그런 아버지 밑에서 자란 우리는 눈으로 많이 배웠다.

중학교 겨울방학 때 마을 아저씨들과 땔나무를 하러 산에 갔다. 그때는 추수한 볏짚이나 마른 나무가 주된 땔감이었다. 그래서 농한기에는 마을 사람들 대부분 땔나무를 구하러 산으로 갔다. 점심밥을 지게에 매달고 아저씨들 뒤를 따라 부지런히 걸었다. 한 시간 정도 걸어서 산 위에 도착하면 모두들 바쁘게 나무를 한 짐 해 놓고 둘러앉아서 점심을 먹는다. 도시락 안에 들어 있는 밥과 김치가 적당히 섞여서 비빔밥이 된 점심을 먹으면 꿀맛이었다. 숟가락은 집에서 가져가고 젓가락은 현장의 나무를 잘라서 사용하는데, 젓가락의 용도는 단지 무김치 때문이다. 달리 젓가락질할 반찬이 아예 없었다. 비빔밥이라 했지만, 재료는 밥과 김치가 전부다. 그런데도 밥맛이 좋은 건 산에 오르기까지 운동 때문이었다. 점심 먹은 뒤는 가벼운 지게 대신 무거운 지게다. 나무가 실린 지게를 지고 집으로 오는 도중에는 모두들 별 말이 없다. 힘이 들어서 정말 죽을 지경이었다. 조금 처지면 아저씨들과 동행을 못하고 낙오자가 된다. 그렇게 되면 시간이 훨씬 더 걸린다. 그리고 더 힘겨워진다. 옛날 농사일을 여럿이서 함께한 데는 그만한 이유가 있었던 것이다. 산에서 아저씨들은 빠른 동작으로 마른 나무로 지게를 채우는데, 나는 그러지 못하고 생나무를 마구 잘라서 채울 수밖에 없었다. 그러니 지게의 짐이 더 무겁다. 몇 번을 쉬면서 해가 질 무렵 겨우 집에 도착한다. 처음에는 잘 모르고 아저씨들을 따라 갔지만, 나중에는 견딜힘이 턱없이 모자랐다. 나뭇짐을 질 때는 겨우 일어나지만, 먼 길을 오는 동안 짓누르는 짐의 무게를 견디기 어려웠다. 서너 번 다니다가 더 이상 못 가겠다고 아버지께 말씀드렸더니, 그만하면 됐다면서 가지 말라고 하셨다. 사실 호기심이 없었던 건 아니지만, 막상 경험해 보니 결코 쉬운 일이 아니었다. 처음 산에 가던 날 어머니는 못마땅해 하셨지만, 아버지는 너도 한번 가보라고 하셨다. 일이 얼마나 힘든가를 체험해 보라는 아버지의 의중이었다. 그 당시 중학 진학률이 절반정도였으니, 중학생이 되는 것도 선택받은 거나 다름없었다. 아버지의 속마음을 그때 내가 어찌 알 수 있었겠는가. 하지만 시간이 지나고 나서야 지게를 지지 않으려면 어떻게 해야 하는가를 알려 주신 아버지의 실천교육법을 겨우 깨달았다.

고등학생 때 주말에 집에 왔는데, 아버지가 갑자기 바깥채의 화장실을 청소하라고 하셨다. 내가 혹시 잘못 들었는가 했는데, 아버지는 고등학생이면 화장실 청소쯤은 할 수 있어야 한다는 말씀이었다. 재래식 변기 안의 지푸라기들을 한쪽으로 치우고 인분을 두어 번 저었다. 그리고는 인분통을 가득히 채우고 짚으로 된 마개로 뚜껑을 막았다. 그러는 과정에 인분냄새가 심하게 났으나, 손이 두 개뿐이라서 코를 막을 수 없었다. 인분통을 이리저리 당겨서 겨우 지게 위에 얹고 보리밭까지 지고 가서 줄줄이 뿌리면 된다. 그런데 인분통이 너무 무거워서 지게 위에 얹는 것도 힘들지만 그것을 지고 일어서려면 균형을 잡기가 매우 어렵다. 한쪽 무릎은 땅에 붙이고 한쪽 무릎은 세운 채 작대기를 지렛대로 삼아 조심스럽게 일어선다. 인분통이 길쭉해서 이동할 때 균형을 유지하려면 여간 힘들지 않는다. 고약한 인분 냄새가 잠시 지나면 무감각하게 된다. 난생 처음 하는 일이라 인분통을 지고 보리밭으로 가는데 기어가듯 했다. 누군가 나를 본 사람이 있었다면 배를 잡고 웃었을 것이다. 초보 운전자가 핸들 잡기보다 훨씬 어려운 게 처음 인분통을 지는 일이다. 그리고 인분을 뿌리지 않은 곳을 찾아야 하는데, 그곳을 찾기가 쉽지 않았다. 비가 온 직후는 더욱 어렵다. 겨우 찾아서 보리의 줄을 따라 한 통을 뿌리고 나면 인분이 더럽다는 생각이 사라진다. 비료를 뿌린다는 생각이 들 뿐이다. 농작물에 자주 뿌리는 다른 비료와 다를 바 없다. 보리가 무럭무럭 잘 자라기를 바라면서 빈 인분통을 지고 집으로 돌아올 때는 홀가분하다. 그 뒤로 내가 고향집에 갈 때마다 화장실을 청소해야 할 때가 된 것이 우연이었을까. 나보다 두어 살 많은 형이 우리 집에서 일을 하고 있었는데도, 왜 아버지가 내게 그 일을 시켰을까? 이 또한 자식을 제대로 키우려는 아버지의 교육법 중 하나였다. 농촌에서 대도시 학교로 진학한 아들에게, 부유한 도시 학생들의 흉내나 내면서 자신의 분수를 망각하지 말라는 무언의 가르침이었다. 그리고 당신이 먼저 보여주셨다. 혼자 독학하면서 자신의 삶을 일으켜 세우신 분이 아닌가.

온갖 말들이 난무하는 요즘 세상에서, 아버지는 자식들에게 실천의 중요성을 몸소 보여주셨다. 아무나 따라하기 어려운 아버지의 실천 교육법이다. 이것이 우리 아버지의 자식 교육법이다.

어머니의 궁리

어머니는 80대 후반이다. 시골 고향에서 혼자 생활하신다. 몇 가지 약을 드시긴 하지만, 그래도 연세에 비해 건강하신 편이다. 대개 집에서 밥을 드시면 바로 마을 경로당에 나가신다. 거기는 냉·난방 시설이 잘 되어 있고, 주방과 화장실 등이 현대식으로 갖추어져 있다. 나이 많은 분들이 생활하기에 편리하다. 모두 정부에서 지원해 준 것인데, 고향 마을의 어르신들이 모여서 함께 지내시기에 부족함이 없다고 한다. 그리고 안어른들끼리 정담을 나누는 즐거움도 있고, 연령 차이에 따라 역할 분담이 잘 되고 있어서 공동으로 생활하기에 적당하다. 일 년에 몇 번 잠시 들러보지만, 모두들 화기애애한 분위기 속에서 무료하지 않게 노후를 보내고 있다.

고향을 떠나 사는 나는 전화기 덕분에 겨우 체면을 유지한다. 요사이는 전화로 어머니와 몇 마디 주고받는 것이 자식의 도리로 여기는 못난 아들이 되어 버렸다. 아버지 떠나시고 혼자 외로움을 많이 감내하셨을 어머니를 생각하면 가슴이 아프다. 어머니는 감수성이 남달리 예민하신 분이다. 자주 집에 가서 보살펴드려야 함에도 그렇게 하지 못해 죄스럽기 그지없다. 집으로 전화를 드렸을 때 안 받으시면 오히려 안심이 되고, 받으시면 어디 편찮으실까 하는 걱정이 되기도 한다. 경로당에서 지내는 시간이 그만큼 길어졌기 때문이다. 이런저런 궁색한 핑계로 자주 찾아뵙지 않고 전화로 안부를 드리는 게 못마땅하시겠지만, 어머니는 겉으로 절대 내색하지 않는다. 자식을 끔찍이도 아끼시는 어머니의 속내를 이제는 조금 알고 산다.

일제강점기 후반에 이른바 정신대라는 이름으로 어린 여성들을 마구 끌어갈 즈음, 어머니는 아버지와 혼인했다. 한 집에서 시부모와 시누이, 시동생들과 함께 생활하면서 어렵게 살았고, 몇 년 뒤에 분가했으나 논밭이라고는 한 마지기도 없었다. 경제적으로 매우 어려운 살림을 꾸리느라 많이 고생하셨지만, 어느 누구 탓으로 돌리는 법이 없다. 어머니는 매사를 긍정적으로 받아들이는 성품을 지닌 분이다. 어쩌면 단순한 성격인 듯이 보이지만, 문제가 발생하면 밤이 새도록 잠을 잘 이루지 못하는 소심한 면이 있다. 자신에게 닥친 문제에 대해 적당하게 얼버무리고 지나가거나 단순하게 결말지어 버리지 않고, 여러 방향으로 파생될 문제들을 다양하게 짚어보고 원만한 문제해결을 위해 골똘히 생각하는 분이다. 그러니 어머니는 매사에 실수가 비교적 적다. 외가에서 2남 2녀의 맏이로 성장하신 탓인지 무슨 일을 처리하는 방법이나 태도가 주변 사람들에게 늘 믿음을 주는 편이다.

다음은 어머니에 대한 일곱 가지 얘기다.

얘기 1 :

우리가 어릴 때 이웃에 사는 여자 아이들이 "느그 엄마 무서워서 우째 사노?"라고 자주 물었는데, 그 때 여동생들은 "우리는 하나도 안 무섭대이."라고 대답했단다. 어머니를 겉으로 대하면 좀 엄격한 듯이 보이지만, 실제로는 내심 정이 많고 사리가 밝은 분이다. 아마 이웃 아이들에게는 어머니가 많이 무섭게 보였는지 모른다. 그리고 어머니의 며

느리 중에도 초기에 시어머니가 엄격하여 대하기 어려웠다는 얘기를 했다고 한다. 하기야 가정의 내적 규율 없이 팔남매를 키우기 쉽지 않았을 것이다. 어머니 나름의 아이들 관리 방법이 있었기에 우리를 제대로 키우지 않았을까? 초등학교 4학년 가을날, 나는 더러 들판에 나가서 참새 떼를 쫓곤 했다. 그럴 때는 으레 보리쌀로 만든 개떡을 옆구리에 끼고 논에 가서 논둑 밑 도랑에 발은 담근 채 그 떡을 먹었다. 개떡을 다 먹고 나면 새 보기는 끝이었다. 참새를 쫓는 일은 잠시뿐이고 동무들과 놀고 싶은 생각이 언제나 우선이었다. 마을의 아래 각단으로 가서 동무들과 어울려 해가 질 무렵까지 노는 게 본디 내 주업이었다. 그렇게 늦도록 놀다가 집으로 돌아오면, 어머니가 "새 잘 봤나?"라고 물으셨다. 그 때마다 "예, 잘 봤니더."라고 대답했다. 하지만 어머니는 이미 내가 논에서 새 쫓기는 짧게 끝내고 대부분의 시간을 동무들과 지낸 사실을 알고 계셨다. 그 순간 치마폭에 감춰온 회초리를 번개 같이 드셨다. 종아리를 몇 대 맞고 나서야 실토하는 게 보통이었다. 동무들과 어울려 노는 게 논에서 참새를 쫓는 것보다 더 재밌던 시절이었다. 나는 그 이후 지금 나이가 되도록 어머니께 거짓말을 한 적이 거의 없다. 어릴 적부터 우리 어머니는 안 보고도 뭐든지 다 아신다고 믿었기 때문이다. 사실 어머니는 무슨 일이나 어렵게 얽힌 사건에 대해 추론하는 능력이 보통 수준이 아니다. 그것도 모르고 어머니께 거짓말하던 개구쟁이 시절이 그립다. 그 때는 어머니도 젊으셨다.

얘기 2 :

어머니는 사리가 밝고 공사의 구별이 분명하시다. 그래서 누구든 함부로 흐지부지하게 대하지 못한다. 내가 중학교 다닐 때, 마을의 몇 사람이 엉뚱한 모의를 해서 우리 집에 시비를 건 어처구니없는 일이 벌어졌다. 비교적 단순하신 아버지는 그 일에 대해 이의를 제기하거나 대항하는 게 번거로우니 그냥 넘어갈 의향을 내비치셨다. 하지만 어머니는 아버지와 달랐다. 그들의 제안이 사리에 맞지 않음을 논리적으로 밝히고, 법적으로 대응할 각오를 하셨다. 어머니는 관계당국에 나가서 자신의 의견을 명료하게 개진함은 물론, 그들의 불합리한 제안에 대한 부당성을 하나하나 부각시켰다. 옳은 일이라면 어느 누구 앞에서도 절대 주눅이 들지 않는 어머니다. 부당함을 모른 척하고 그냥 넘어가실 분이 아니다. 나중에는 그 사람들이 관계기관에 불려가서 그들의 모의가 잘못되었음을 스스로 시인하기에 이르렀다.

그래서 그들의 제안이 전혀 사리에 맞지 않음이 모두 밝혀졌고, 끝내는 그들의 잘못이 백일하에 드러났다. 몇 사람의 모의가 마을 주민들에게 끼친 피해가 적지 않았지만, 오래 한 마을에 살아온 정의를 생각하여 우리는 그냥 눈감아 주기로 했다. 중학생 때 우리 집에서 겪은 그 일을 나는 지금까지 결코 잊은 적이 없다. 그 일에 자극을 받아 도시로 진학했고 공부에 더욱 전념했는지 모른다. 그것이 남에게 업신여김을 당하지 않고 집안을 온전히 지켜나가는 길이라고 생각했기 때문이다.

얘기 3 :

한편 어머니는 가계관리에도 일가견이 있다. 내가 고등학생 때였다. 마을의 어느 집에서 논을 판다는 소문을 들으신 어머니가 아버지께 그 논을 사자고 제안했다. 아버지는 그 많은 돈이 없다며 난색을 드러내셨다. 올해 추수한 곡식과 소를 팔고 그래도 모자라는 돈은 빚을 내면 가능하지 않느냐고 말한 어머니는 이미 구체적인 계획을 세워 두었던 것이다. 계속 졸라대는 어머니의 요구를 거절하지 못하신 아버지는 돈의 융통은 "임자가 알아서 하라."며 그 논을 사기로 결정했다. 그러자 어머니는 아버지 몰래 곗돈을 타서 모아둔 돈을 남에게 빌린 것처럼 아버지께 둘러댔다. 그러고는 매달 이자를 갚아야 한다며 아버지에게서 돈을 나누어 받아내는 수법을 동원하는 지혜를 발휘한 결과, 그 논은 결국 우리 논이 되었다. 그런데 그 논을 아버지가 장남 이름으로 등기해 두었음을 알게 된 것은 그로부터 50년이 더 지나서다. 아버지의 건강이 극도로 악화되었을 때쯤, 어머니 말씀을 거역하지 못해서 등기소에 열람해 보니 이미 내 이름으로 등기되어 있는 게 아닌가. 그 때까지 어머니에게도 아들에게도 그 사실을 말씀하지 않으신 아버지였다. 고등학생 장남 이름으로 등기해 놓으신 아버지의 깊은 뜻과 그 논을 사들이는 과정에 관여하신 어머니의 궁리가 놀랍기만 하다. 두 분이 오래 해로하시며 우리 집안을 중흥하신 일이 우연이 아니었음을 뒤늦게 알게 되었다.

얘기 4 :

어느 날 어머니가 전화를 하셨다. 시골의 집 뒤에 팔려는 논이 나왔는데, 그걸 우리가 반드시 사야 한다는 내용이었다. 내게 그만큼의 돈이 없어 살 수 없다고 즉답을 드렸다. 그런 이틀 뒤에 창원 동생에게서 연락이 왔다. 우리 형제들이 힘을 모아서라도 반드시 그 논을 사야 한다는 어머니의 당부라는 것이었다. 그래서 몇 남매들이 호주머니를 털어서 기어이 그 논을 샀다. 그로부터 십여 년이 지나서 어머니가 갑자기 그 논을 이제 팔아야 한다고 하시기에 우리 형제들은 그대로 따랐다. 이게 웬 일인가. 꽤 비싼 값을 받았다. 상당한 배당을 받은 나는 그것으로 막내 혼인시키는 데 큰 보탬이 되었다. 어머니의 말씀은 언제나 우리에겐 보약이었다. 잘 모르긴 해도 그 일의 시작은, 눈만 뜨면 책만 붙들고 지내는 큰아들의 살림살이가 하도 답답해서 직접 추진하신 어머니의 궁리에서 나온 것이리라.

얘기 5 :

몇 년 전 아버지가 92세로 우리 곁을 훌쩍 떠나셨다. 평소 눈물이 많은 어머니지만, 부부가 사별하는 그 순간에도 겉으로는 눈물 한번 보이지 않으셨다. 그 무렵 우리 형제 누구도 어머니가 눈물짓는 모습을 보지 못했다. 우리들이 흐느끼면 "사람이 천년만년 살 수 있나. 느그 아버지는 딱 알맞게 사시다 가셨다."라고 하시며, 속으로 많은 눈물을 삭이셨다. 장례 기간 동안 어머니는 장례식장에 나오지 않고 집에만 계셨다. "내가 거기 나가 있으면 문상 오는 손님들이 내한테까지 인사하는 번거로움을 주는 게 도리가 아니다."

라는 것이 어머니의 변명이었다. 아버지가 떠나신 날부터 어머니는 매일 출근하시던 마을 경로당에 한 달 동안 걸음을 딱 끊으셨다. 그 사이 아버지 안 계시는 집에서 혼자 있으면서 자식들 몰래 마음 놓고 밤낮으로 실컷 우셨을 것이다. 70년 가까이 온갖 고락을 함께하며 오순도순 살아오신 부부가 아닌가. 그러나 자식들에게나 이웃 사람들에게 눈시울 적시는 장면을 한 번도 노출시키지 않으신 어머니다. 평소 어머니는 자신의 무게 중심이 좀처럼 흔들리지 않는 분이며, 아버지와의 긴 이별 앞에서도 초연함을 잃지 않으셨다. 우리 어머니는 어려운 삶을 헤쳐 오면서 내공을 깊이 쌓으신 분인가 보다.

얘기 6 :

고향마을 바로 앞에 꽤 너른 내가 있다. 우리가 어릴 적에는 사계절 맑은 냇물이 흐르고 깨끗한 모래와 자갈이 많았다. 거기서 우리는 갖가지 놀이도 하고 물새알을 줍기도 하고 시냇물을 그냥 마시기도 했다. 하지만 아이들의 놀이공간이요 행복공간이던 그곳의 자연환경이 바뀌고 말았다. 산업화의 바람이 불기 시작하면서 멀지 않은 곳에 큰 공장이 세워질 때, 마을 앞 내의 모래와 자갈을 많이 채취해 갔다. 그 뒤 마을 앞의 내는 본디 그대로의 자연환경을 송두리째 상실하고 말았다. 엎친 데 덮친 격으로 상류에 공장들이 들어서서 내에는 악취가 풍기는 폐수가 흘러내렸다. 그 고약한 냄새 때문에 사람들이 그 근방으로 지나다닐 수 없었다. 산업화의 역기능이 상당히 컸다. 한여름 밤 마을 사람들이 목욕하던 깨끗한 물은 간데없고, 이제는 악취가 물씬 풍기는 폐수로 가득 찬 수렁으로 변했다. 이것을 알게 된 어느 방송사에서 취재하러 마을에 왔다. 기자의 질문에 동장도 동민들도 다 긴장하여 대답을 제대로 못하고 손사래를 치며 뒤로 물러서자 어머니는 태연하게 마이크를 잡았다. 마을 앞 냇물이 폐수로 변했을 뿐 아니라 아주 위험한 상태라는 사실을 고발하고, 상류에 들어선 환경오염공장들을 하루빨리 철거해야 하는 이유를 조목조목 밝혔다. 다음 날 그 내용이 지역 텔레비전 방송으로 소개되었다. 방송을 시청한 마을 사람들이 "남산댁은 무섭지도 않은 갑지요?"라고 물으니, 어머니는 "내가 무슨 죄를 지었는교 무섭기는 와 무섭은교?"라고 대꾸하실 정도로 대담했다. 나는 50대 초반 어느 방송국 라디오 프로그램을 3년간 진행하고, 그 이후 중앙방송과 지역방송국의 텔레비전 방송에 여러 차례 출연한 적이 있다. 생방송이든 녹화방송이든 그때마다 상당한 긴장감이 있었지만, 시행착오 없이 방송을 마칠 수 있었던 것은 분명 우리 어머니에게서 받은 유전자 덕분이었을 것이다.

얘기 7 :

고향에서는 정월 보름날이면 마을의 전체회의가 열린다. 마을 주민들이 준비한 음식과 술을 함께 먹으면서 이런저런 덕담을 나누는 정겨운 모습들이 연출된다. 그리고 마을 주민 모두가 함께 결론을 도출해야 할 안건에 대해 서로의 의견을 교환하다보면 어느새 짧은 해가 서산에 걸린다. 주로 남성들이 참여하는 회의가 몇 시간이 지나도록 합의에 이르지 못하고 갑론을박으로 해결될 기미가 보이지 않을 때쯤, 어머니가 슬쩍 참견하신다. 긴 시간 동안 합의에 이르지 못한 안건을 동민들이 두루 수긍할 수 있도록 마무리를 짓는다. 그럴 때마다 어머니는 자신이 관여하여 문제가 해결된 게 아니라, 거의 해결되어 가는 의견들을 간단한 몇 마디로 정리했을 뿐이라며 자신의 역할을 축소해 버린다. 하지만 마을 사람들은 크고 작은 회의가 있을 때마다 어머니가 참석해 줄 것을 은근히 기대한다.

그럴 정도로 어머니는 상황판단 능력이 뛰어나고 문제해

결력이 탁월한 편이다. 한편 인정이 많으셔서 친구들 사이에 신망이 두텁고 남의 어려운 사정에 솔선하여 살갑게 다가가신다. 또 사정이 딱한 상황에 접해서는 눈물을 자주 보이는 마음 약한 면도 있다. 우리 남매들을 무난하게 키우고 집안을 일으켜 세운 데는 어머니의 궁리가 상당하게 작용했을 것이다.

어려운 시대를 살아오신 어머니는 역사 수레바퀴의 한 축을 지혜롭게 짊어져 온 많은 한국 여성들 중 한 분이다. 부디 우리 곁에 오래오래 계시길 바란다.

이승과 저승

아버지가 내 무릎에 앉으셨다. 너무나 가벼운 아버지다. 한 움큼의 재로 변신했다. 일생동안 참으로 뜨겁게 살아오신 아버지다. 올곧게 살아오신 아버지다. 우리들에게 평소 말씀을 아끼셨다. 몸소 실천으로 말씀을 대신하신 아버지다. 속으로는 많은 생각을 하시면서도 겉으로는 과묵하신 아버지다. 이 순간 적막의 상태다. 이승과 저승의 거리가 가깝고도 멀다. 아버지는 생의 건너편에서 편안하게 계신다. 이제야 긴긴 추억 속 얘기들을 아들에게 줄줄 들려주신다.

아버지가 당신의 첫아이를 만난 감동을 들려주신다. 울음으로 인사한 그 갓난아이의 인사를 기억하신다. 날마다 오줌·똥 받아내시며 기뻐하신 추억도 보여주신다. 아버지가 아이를 안거나 등에 업고 달래시던 즐거움도 말씀하신다. 아이가 눈빛으로 아버지를 알아보던 때를 기억하신다. 발걸음을 처음 옮길 때의 기쁨도 들려주신다. 옹알이를 시작하며 아버지와 처음 소통할 때의 기분도 말씀하신다. 아빠라고 처음 말하는 아이를 덥석 안으셨던 기쁨도 들려주신다. 아이가 일곱 살 되어 초등학교 입학 때 이름표를 손수 써 준 것도 기억하신다. 겨울철 동네에서 가장 멋진 썰매를 만들어주신 일도 말씀하신다. 초등학교 운동회에 참석하여 내빈 달리기에서 학생들과 손잡고 뛰어 일등하신 것도 기억하신다. 정월 대보름날 마을에서 가장 근사한 꼬리 달린 연과 무지개 방패연을 만들어주신 일도 말씀하신다. 아들이 초등학교 5학년 때 처음 받은 우등상장을 보시고 좋아하신 기분도 들려주신다. 6학년 수학여행 때 학부형으로 함께 가신 아버지의 의중을 들려주신다. 맏이가 초등학교를 졸업한 뒤 동생들이 다닐 때는 왜 한 번도 학교에 가지 않으셨는지에 대해서도 말씀해 주신다. 중학교 다니던 어느 날 아들이 늦잠 잔다고 혼내주시던 일도 기억하신다. 가끔 포항 죽도시장에 데리고 가서 김이 모락모락 오르는 소머리국밥을 사주시던 것도 잊지 않으신다. 중학 3학년 신학기 때 근사한 손목시계를 사 주신 일도 말씀하신다. 아들이 고등학교를 대구로 가고 싶다고 했을 때 선뜻 허락하신 이유도 말씀하신다. 고등학교 여름방학 때 친구들을 데리고 와서 아버지께 인사드린 자리에서 "오래도록 좋은 사귐이 되거래이."하고 말씀하신 것도 기억하신다. 평소 아들이 열심히 공부하지 않아도 꾸중하지 않은 까닭도 말씀해 주신다. 대학시험에 낙방했을 때 "뭐 그럴 수도 있제."라고 위로하시며 마음으로 용기를 주신 것도 말씀하신다. 대학 다닐 때 "지금 공부하는 게 훗날 고생보다 나을게다."라고 짧게 채찍하신 것도 기억하신다. 군대생활하면서 식중독으로 민간인 병원에 나와서 치료받을 때 담담한 눈빛으로 말없이 걱정하신 것도 기억하신다. 제대하고 돌아왔을 때 "욕 봤다."라며 한마디 던진 사실도 기억하신다. 혼인할 때 "잘 살아야 한대이."라고 격려해 주시던 것도 기억하신다. 말씀은 짧게 하지만 속으로는 아들에 대한 간절한 바람을 열거하시는 속내를 하나씩 들려주신다. 장손이 태어났을 때 "우리 집안은 인자 됐다. 다른 아이와 바뀌지 않게 잘 봐래이."라고 하시며 마음 든든해하신 일도 들려주신다. 아들이 교수가 되었다고 인사드릴 때 "좋은 선생하기 참 어렵대이."라고 하시며 긴장감을 주시던 일도 잊지 않으신다. 아버지 생신 때나 명절 때 작은 봉투를 드리면 "느그나 단디 잘 살아래이."라고 하시며 선뜻 받지 않으시던 것도 기억하신다. 손자를 보고 싶으셔도 떨어져 사는 아들의 형편을 생각하여 집에 자주 오라 하지 않으신 깊은 마음도 들려 주신다. 작은 아버지 두 분을 가까이 살도록 하신 사정도 말씀해 주신다. 작은 아버지 두 분이 먼저 세상을 떠나셨을 때의 아픔을 이제야 들려주신다. 아들이 제자들 혼인식에 주례한다는 얘기 들으시고 "니가 먼저 본을 보여야제."라고 하시며 격려하시던 일도 말씀하신다. 아들 나이 쉰이 넘은 어느 날 아버지의 방문을 노크하지 않고 열었다고 크게 꾸중하신 사실도 기억하신다. 당신의 자존심에 상처 준 사람들을 그냥 넘기지 않으신 솔직한 심정도 알려주신다. 팔남매 키우시느라 마음 놓고 낮잠 한번 주무시지 않고 살아온 것도 들려주신다. 손녀와 손자들이 혼인할 때 "사돈댁에 예를 잘 지켜래이."라고 하시며 관심 보이시던 일도 말씀하신다. 수 년 전 아버지가 며칠간 입원하셨을 때 병실에 들어선 아들의 손을 힘주어 꼭 잡으신 것도 생생하게 기억하신다. 아버지를 뵙고 싶어서 집에 가면, "와 또 왔노?"라고 하시면서도 내심 반기시던 속내를 하나씩 말씀해주신다. 아들이 이삼 년 뒤에 퇴직한다는 말씀을 들으시고 "나이가 하마 그래됐나."라시며 속으로 염려하신 마음도 들려주신다. 우리 형제들을 한없이 사랑하시면서 겉으로 내색하지 않으시고, 오히려 엄격하게 대하신 아버지의 속내도 들려주신다. 아흔이 넘어서 스스로 외출을 삼가신 이유도 알려주신다. 어머니를 경로당에 보내시고 홀로 집을 지키신 의중도 들려주신다. 자주 먼 산을 바라보시며 당신의 인생을 되짚어 보신 뜻도 알려 주신다. 육남매 장남으로서 어려운 가정을 다시 일으켜 세우신 당신의 의지와 사명을 말씀하신다. 물질적 유산보다 정신적 유산이 훨씬 큰 가치를 갖는다는 말씀도 힘주어 들려주신다. 무엇이든 남의 것을 사기는 어려워도 내 것을 팔기는 쉽다고 말씀하신 이유도 들려주신다. 인생은 자신의 삶이기도 하지만, 가족과 나라를 위한 삶이라는 의미도 말씀해 주신다. 인생이란 꿈과 같이 덧없지만, 열심히 살 만한 가치가 있다고도 알려 주신다. 혼자 조용히 명상하며 생을 관조한 경지를 묵언으로 들려주신다. 홀연히 떠나실 채비를 하시면서도 평정심을 유지하신 고상한 뜻을 차분하게 말씀하신다. 거동을 중단하시고 누워계신 백일도 안 되는 짧은 기간 동안의 상념들을 들려주신다. 육신의 짐을 번거롭게 여기시며 눈빛으로 아들에게 말씀하신 내용을 일러주신다. 당신께서 늘 생활해 오신 방에서 주무시듯이 우리와 하직하신 순간의 뜻을 던져 주신다. 시공과 생사를 넘나드는 열반의 경지를 넌지시 암시하신다. 아버지가 마지막으로 우리에게 들려주신 말씀은 "느그끼리 잘 지내래이." 였다.

이미 저희 곁을 홀연히 떠나셨음에도 생을 달리하신 채 내 무릎에 앉아 계신다. 생시 같았으면 상상도 할 수 없는 일이다. 어쩌다가 내 무릎에 앉으셨더라도, 전혀 그럴 일 없었겠지만, 아무 말씀 없이 천천히 내려앉으실 아버지다. 아들이 미덥지 않아서가 아니라, 자식에게든 누구에게든 남에게 의지하는 것을 제일 싫어하시는 우리 아버지다. 평생토록 다른 이에게 기대거나 불편을 주는 것을 용납하지 않으신 아버지다. 하지만 오늘은 가장 가벼운 아버지로 변신하여 겨우 30분 정도 아들의 무릎에 앉으셨다. 위대한 당신의 삶을 모두 정리하고 접으신 뒤다. 내가 언제 아버지를 안아드린 적이 있었던가. 또 한 번이라도 업어드린 적이 있었던가. 이제야 겨우 아버지를 안은 나는 정말 불효자 중의 불효자다. 이 짧은 시간이나마 아들의 마음을 달래주려고 지금 내 무릎에 앉으셨다. 잠시 뒤면 곧 내 무릎보다 훨씬 편안하신 데서 영원히 계시게 될 것이다.

아버지는 참으로 근면하고 자립심이 강하신 분이다. 아흔이 되기 전까지 아들에게 "내 손이나 팔을 잡아다오."라고 말씀 한 번 하신 적 없다. 여든 생신날에 친척들과 우리 마을, 이웃마을 손님들을 초대하여 축하연을 열었을 때, 어머니를 업으시고 춤을 추며 좋아하실 만큼 건강하셨다. 아침마다 마당 한쪽 모퉁이에서 맨손체조를 하시고, 집의 옥상 계단을 몇 번씩 오르내리실 정도로 자기관리가 철저하셨다. 그리고 아무리 추운 겨울에도 냉수마찰을 자주 하셨다. 그래서 그런지 얼굴에 주름도 적으시고 연세에 비해 꽤 젊어 보이셨다. 여든이 훌쩍 넘으셨을 때 어머니와 함께 외식하러 가실 적, 승용차에서 식당까지 팔을 잡고 가려 해도 아버지는 어느새 슬며시 빼곤 하셨다. 그 몇 년 동안 두 분을 모시고 가끔 다닐 때 아버지의 팔을 잡고 걸어보지 못했다. 당신의 자존심이 허락하지 않으셨던 모양이다. 아버지의 철저한 자립심 때문이었을 게다. 아흔이 되셨을 무렵 동생이 좋은 지팡이를 하나 사다 드렸는데, 그것을 한 번도 짚지 않으셨다. 나중에 보니 그 지팡이가 흔적도 없이 사라지고 말았다. 모르긴 해도 아버지가 그 지팡이를 아무도 몰래 버리셨거나 다른 분에게 주셨을 게다. 평소 아들에게도 기대기를 거부하시는 아버지가 향나무 지팡이에 의지하실 것이라 믿은 우리의 생각이 잘못이었다.

아버지의 자립심은 아주 젊었을 때 정립되신 것 같다. 아버지는 3남 3녀의 맏아들인데도, 혼인하실 때 할아버지에게서 그 어떤 유산도 받지 못했다. 하지만 아버지는 할아버지에게서 명석한 두뇌와 건강과 부지런함을 타고 나신 것을 늘 자랑스러워하셨다. 아주 부유한 집의 맏아들로 태어난 할아버지가 자기관리에 소홀하셔서 중년도 되기 전에 가정형편이 매우 어려워졌다. 그것을 알았던 아버지는 혼인하기 전부터 집을 나와서 자립하기 위해 독자적으로 당신의 삶을 준비하셨다. 그럴 정도로 아버지는 스스로 자립심을 키우고 독립심을 가꾸셨다. 우리 팔남매를 키우랴 두 작은 아버지 가족들 돌보시랴 아버지는 참으로 힘든 삶을 사셨다. 그러나 그런 일들을 당연히 자신의 몫이라 생각하고 묵묵히 혼자서 집안을 이끄셨다. 할아버지 대에 가세가 좀 기울어진 집안형편을 다시 일으켜 세우느라 온갖 고생을 감당하신 분이 지금 내 무릎에 앉으신 훌륭하신 아버지다. 그러니 그 무거운 아버지의 삶을 누가 감히 흉내라도 낼 수 있겠는가. 아버지의 인생 무게를 느끼기 시작하면서 인생무상과 함께 나도 몰래 눈시울이 한없이 뜨거워졌다.

이제 곧 아버지는 내 무릎에서 떠나시게 된다. '아버지'라 부를 대상이 이 세상에 존재하지 않는다. 너무나 원통하고 슬프다. 하지만 아버지는 영원히 내 가슴에 계실 것이다. 그래서 나의 모든 언행을 살피시고 우리 집안을 지켜주실 것이다. 이생에서와 마찬가지로 저생에서도 편히 쉬지 않으시고 당신 자손들의 건강과 융성을 위해 끊임없이 보살피실 것이다. 아버지는 영원히 쉬지 않는 분이다. 내가 지금부터 할 일은 아버지의 마지막 당부 말씀을 실천하는 것이다. 아버지가 내 무릎에 앉으신 채 당신이 생활하시던 집을 마지막으로 둘러보실 때, 나는 '어머니 잘 모시고, 저희끼리 사이좋게 지내겠습니다.' 라고 마음으로 다짐하고 또 다짐했다. 그리고 지금껏 가까스로 실천하고 있다. 이것이 생전에 불효한 아들이 아버지께 용서를 비는 유일한 길이다.

아버지, 고마운 우리 아버지, 하루에도 몇 번씩 불러보고 싶습니다. 정말 당신이 보고 싶습니다. 그리고 닮고 싶습니다. 아버지의 아들로 태어나서 너무나 자랑스럽고 행복합니다. 그리운 아버지.

도심의 새

늦가을의 정취가 온 세상을 뒤덮고 있다. 한국의 경치를 금수강산이라고 하는 말이 실감나는 계절이다. 가을은 결실의 기쁨도 있지만, 온갖 색깔로 물든 나뭇잎들이 우리들 마음을 위로해 준다.

산에도 단풍이고 거리에도 단풍이다. 아파트가 들어선 도심에도 늦가을의 단풍이 그 자태를 뽐내고 있다. 아파트의 건물과 건물 사이에 자라는 여러 종류의 나무에도 단풍이 한창이다. 빨강, 노랑, 주황, 갈색의 단풍이 무르익어간다. 사람도 나이 들어 단풍과 같이 긍정적인 관심을 받으면 얼마나 좋을까. 젊어서부터 정직하게 열심히 일하고 베푸는 마음으로 살아가면 그렇게 될 수 있을까. 지나온 시간 동안 내 나름으로 최선을 다했음에도 아쉬움이 가득 남아 있다. 그러니 인간사를 어찌 무한한 자연의 질서에 견줄 수 있겠는가.

우리가 사는 아파트에는 소나무와 대나무 그밖의 낙엽수들이 함께 자란다. 건물을 지은 지 꽤 오래되어 나무들이 크다. 푸른 솔잎과 죽엽이 잡목의 단풍을 배경으로 더욱 푸르게 보이고, 곱게 물든 단풍이 소나무, 대나무와 어우러져 그 빛깔을 자랑한다. 굳이 멀리 단풍놀이 가지 않고도 가을빛을 즐길 수 있다. 아파트 사이사이에 큰 나무들이 뒤섞여 있어 작은 숲을 이룬다. 시멘트로 지은 딱딱한 아파트지만 나무들이 있어 제법 아늑하고 부드러운 주거공간이다. 사람들이 공동으로 생활하는 아파트에 온갖 나무들이 함께 자라는 모습이 이제 낯설지 않다. 사람이든 식물이든 홀로 살아가면 외롭다. 서로 의지하며 어울려 있으면 좋다. 아침마다 창문을 열고 내다보는 가을 경치가 풍경화처럼 정겹다. 9층에서도 바깥의 단풍과 소나무가 잘 보여서 마냥 즐겁다. 옆 아파트의 큰 소나무들도 가까운 우리 집에서는 한눈에 들어온다. 그러니 두 아파트의 나무들이 모두 우리의 정원수다.

이른 아침 거실에서 밖을 보며 맨손 체조하는 게 내 일상이다. 바깥의 키 큰 소나무가 보란 듯이 싱그럽다. 사람과 나무가 서로 바라보며 아침을 맞는다. 나무와 사람들이 함께 살아가는 공간이다. 나무와 사람 사이의 거리감이 별로 없다. 푸른 나무에 친밀감이 간다. 나무는 나를 의식할까. 사람이 나무를 괴롭히면 나무가 아파할 게다. 나무는 사람에게 맑은 공기와 많은 걸 제공한다. 나는 나무에 뭘 주었는가. 물을 한 번 주었는가. 비료 한 줌 뿌렸는가. 받기만 해왔다. 고마운 마음이라도 가져야지. 집 안에서 보는 나무는 산에서 만나는 나무와 다르다. 식물과 동물은 생명체라는 공통점을 가진다. 식물이 존재하지 않으면 동물의 존재도 불가능할 것이다. 그러니 모두 공동운명체로 살아가는 존재다.

미국 '과학한림원' 의 최신 회보에 스페인 바르셀로나의 '환경전염병학연구소' 에서 발표한 논문이 실렸다. 2012년 1월부터 14개월간 그 지역의 7~10세 어린이 2,593명의 인지능력변화를 측정했는데, 학교 주변에 숲이 많고 적음의 정도에 따라 어린이들의 지적능력 향상과 관련이 있다는 결과가 나왔다. 그 이전까지 숲이 정신건강에 좋다는 연구 보고가 있었으나, 지적능력을 개선한다는 연구는 처음이라

한다. 이뿐 아니라 어린이들이 자연 속에서 성장하면 더 적극적이고 활동적으로 행동하고, 자제력과 창의력을 갖게 된다는 연구 결과도 있었다. 이것은 어린이에게는 물론이고 성인의 경우에도 적용될 수 있을 것이다. 어쩌면 나이가 들수록 더 그럴 듯하다. 가능하면 나무가 많은 산이나 숲이 우거진 곳에서 시간을 보내자. 다행히 우리가 사는 아파트에는 나무가 많다. 그리고 가까이 나지막한 산이 있다. 주민들이 아침저녁으로 찾는다. 심지어 늦은 밤에도 산에 오른다. 대부분이 이 산 때문에 다른 곳으로 이사하지 못한다는 말을 한다. 나도 그렇다. 숲과 사람과의 관계를 굳이 연구하지 않더라도 이미 그 결과를 경험으로 알고 있는 게 아닌가. 우리 조상들이 수천 년 전부터 자연 가까이서 살아왔다. 삶을 통한 그들의 지혜로운 경험이 현대의 과학적인 연구결과와 크게 다르지 않다. 이론과 경험은 모두 필요하다. 하지만 우리들 삶의 경험이 어려운 이론보다 더 실감나는 현실이다.

아파트 마당에서 보는 나무들과 위에서 내려다보는 나무들의 모습은 같지 않다. 아래서 보는 나무는 위로 자란 모습을 보지만, 위에서는 좌우로 자란 나무의 모습을 본다. 내려다보면 갖가지 색깔의 나무 잎사귀들이 뒤엉켜 있어서 마치 여러 색깔의 물감으로 모자이크한 방석을 펼쳐놓은 듯하다. 옆에서 보는 나무는 키가 각기 다르지만, 위에서 보는 나무는 키의 차이가 잘 드러나지 않는다. 서로 다른 높이의 나무들이 평평한 푸른 색 방석 같이 보인다. 아래로 가볍게 뛰어내리더라도 펑퍼짐한 나무숲이 떠받쳐 줄 것만 같다. 오래 전 어느 가을날, 지리산 천왕봉에서 붉게 물든 산 아래쪽을 향하여 뛰어내리고 싶은 충동을 느꼈던 생각이 난다.

큰 나무 위로 새들이 날아다닌다. 철새들이 날아드는 것은 거의 볼 수 없다. 대부분 텃새들이다. 자주 나타나는 새의 종류가 여러 가지다. 까치, 까마귀, 참새, 비둘기 등등 이름을 알 수 없는 새들도 많다. 목과 다리가 긴 왜가리와 비슷하게 생긴 새도 이따금 찾아든다. 사람에게도 나무와 숲이 필요하지만 새들은 나무와 숲이 그들의 집이다. 새들이 거기서 잠을 자고 생활하는 공간이고, 둥지를 틀고 알을 낳고 새끼를 키우는 보금자리다. 바람이 불어도 비가 내려도 새들은 나무에서 지낸다. 새가 찾지 않는 나무는 기능을 상실한 나무다. 나무와 새는 떨어질 수 없는 자연의 일부다. 우리 아파트의 나무에도 새들이 집을 짓고 새끼를 키운다. 도심에 있지만, 나무가 무성해서 새들이 많이 찾아든다. 가까운 곳에 산이 있는데도 그렇다.

비행기가 날아가는 길이 있듯이 새들도 날아다니는 길이 있는 모양이다. 높은 층수의 아파트가 동서쪽으로 뻗어 있어서 새가 남북으로 오가려면 그 위로 날아야 한다. 실제로 건물 바로 위로 날아다니는 새는 적다. 그보다 훨씬 높은 허공으로 날아다니는 새는 많다. 대부분의 새들은 건물이 뻗어 있는 동서쪽 방향으로 날아다닌다. 새들이 날아다니는 길을 건물이 가로막고 있으니, 건물 늘어선 방향으로 날 수밖에 없다. 새들이 남북 방향으로 날고 싶어도 높은 건물 때문에 다른 방향으로 우회한다. 새가 사방으로 자유롭게 날지 못하는 곳이 아파트가 밀집한 도심이다. 그러나 도심에 사는 새들은 그 나름대로 적응한다. 아파트 근방에 사는 새들은 활동에 제약을 받긴 하나, 주변의 환경조건에 적응하는 방식을 익힌다. 가끔 건물을 마주하고 날아오르려다 실패하는 새가 있다. 두어 번 시도하다가는 방향을 틀어서 날아간다. 생명을 가진 존재들은 본능적으로 생존 방법을 스스로 터득하는가 보다. 아파트 단지 안에서는 두어 마리씩 난다. 나란히 날거나 앞뒤로 줄 지어 날아간다. 더러는 길을 잃었는지 혼자서 이리저리 헤매는 새도 있다. 사람도 자신의 인생길을 바로 찾지 못해 시행착오를 겪듯이. 새나 사람이나 헤매기는 마찬가지다. 눈을 크게 뜨고 조금 멀리 내다보면 건물을 피해 날 수 있고, 사람도 생각의 관점을 조금만 바꾸어도 더 나은 길을 찾을 수 있을 것이다. 어떤 새는 건물의 창을 벗어나지 못하고 거기서 맴돌기만 한다. 또 아래위로 오르내리기만 할 뿐 좌우의 방향으로 날아가지 못한다. 사람들은 새가 어디든 자유롭게 날아갈 수 있는 줄 안다. 날개가 있으니 어디나 마음대로 날아갈 수 있을 것 같다. 박목월의 시 '그리움' 에는 구름이 날개 펴고 산을 넘어 간다는 구절이 나오고, 또 영어에 "내가 새라면 너에게 날아갈 텐데."라는 문장이 있다. 새의 날개는 자유를 상징한다. 하지만 구름도 바람에 의해 날아가는 방향이 정해지고, 새도 장애물이 있으면 마음대로 날아가지 못한다. 사람에게 자유가 최고의 가치지만, 그 자유에도 한계가 있기 마련이다. 무한한 자유는 세상 어디에도 존재하지 않는다. 날개를 가진 새도 날아가지 못하는 데가 있다. 아파트에서 그걸 쉽게 볼 수 있다. 사람이 자신의 자유를 누리려면 다른 사람의 자유도 함께 보장해야 한다. 그렇지 않으면 자유의 평등성이 깨진다. 저마다의 자유를 위해선 공익이 전제되어야 한다. 남의 자유를 제한하고 자신의 자유를 누리려는 것은 자유의 본질을 상실한 불평등이다. 개인의 자유는 공존의 순리에 맞아야 하다. 제한된 자유의 소중함을 모르면 진정한 자유는 저만큼 멀어질 것이다.

이 세상 그 어떤 존재도 자유를 독점할 수는 없다. 풀 한 포기도 나무 한 그루도 그렇다. 허공을 나는 새나 땅을 딛고 사는 사람도 마찬가지다.

이사

아내의 자취방에서 나는 신혼을 시작했다. 혼인하고 각기 직장이 있는 곳에서 한 사람은 자취하고 한 사람은 하숙했다. 1년이 지나고 나서는 아내의 직장이 있는 지방으로 옮겼다. 아내가 대구로 전출하기 어려웠기 때문이었다.

지금 살고 있는 아파트는 일곱 번째 이사한 집이다. 그 동안 이사한 데를 더듬어 보면 내 삶의 궤적이 대강 그려진다. 아내의 자취방에서 몇 달 뒤 셋방으로 옮겼다. 거기서 첫째 아이가 태어났다. 좁은 방 안에서 다리 달린 텔레비전을 잡고 겨우 발을 옮기던 아이의 모습이 아직도 눈에 선하다. 그 아이가 지금은 두 아이의 어머니다. 중학생과 초등생의 딸과 아들의 뒷바라지하느라 이리저리 운전하기에 바쁘다. 그때의 셋방은 만이천 원이었는데, 열 달이 지나면 만사천 원으로 올랐다. 두어 해가 지나고 전세방으로 이사했는데, 거기서 둘째 아이가 태어났다. 둘째도 딸이어서 서운해 하는 아내를 달래느라 마음이 많이 쓰였지만, 두 딸이 너무 예쁘고 귀여웠다. 둘째도 두 아들의 어머니가 되었다. 요새는 두 아들 키우는 재미에 푹 빠져 있는 듯하다.

전세방에서 이제 우리 집으로 이사하게 되었다. 그렇게 빨리 우리 집을 갖게 될 줄 몰랐다. 내게는 굉장히 크고 근사한 집이었다. 방이 세 개, 마루와 주방이 있는 단독주택이었다. 은행에 돈을 좀 꾸었다. 그게 우리가 처음 마련한 집이다. 지금도 가끔 그 집 생각이 난다. 정말 멋진 집이었다. 동일한 구조의 여러 채가 쭉 늘어서 있는 마을의 중간 집이었는데, 햇살이 따사롭게 잘 들었다. 양지바른 마루에 앉아서 마당을 내다보면 화단의 꽃들이 한눈에 들어왔다. 그 집에 살면서 찍은 아이들 사진을 열어 보면 어제인 듯 정겹다. 작은 아이는 안고 큰 아이는 손을 잡고 마당을 서성이던 게 어제인 듯하다. 그리고 주문하지 않은 신문대금을 내라고 우기던 사람과 승강이를 벌인 것도 그 집에서였다. 신문지를 몽땅 돌려달라며 떼를 쓰던 그 사람은 어떻게 살까. 그때 나는 주로 자전거로 출퇴근했다. 아내가 먼저 출근하고 나서 큰 아이가 아주머니의 손은 마다하고 나를 따라 나선 때가 있었다. 어쩔 수 없이 큰 애를 태우고 학교에 갔는데, 도착하자마자 집으로 가자기에 다시 데려다 주었다. 아이 마음이 어땠을까. 맑은 냇물이 흐르는 방천 둑길로 돌아오면서 아쉬운 마음을 삭이고 삭였다. 아침공기를 가르며 달리던 그때가 이따금 떠오른다. 우리 집을 마련하고서야 고향의 어머니가 다녀가셨다. 그때 어머니는 내가 거기서 눌러 앉을까봐 내심 걱정하시는 눈치였다. 그러나 전혀 그런 생각을 하고 있지 않았다. 그 집에서 셋째 아이가 태어났다. 다섯 가족이 되었다. 그런데 직장의 연말정산에서 한 아이는 가족공제를 받지 못했다. 정부의 인구 억제정책 탓이다. 둘만 낳아 잘 키우자는 구호를 따르지 않았다고 셋째 아이는 공제에서 제외시켰다. 아니, 셋째는 내 아이가 아닌가. 신라와 조선에서도 세쌍둥이가 나면 나라에서 상금을 주고 격려했다는데, 우리는 왜 그렇게 하지 않았을까. 사람이 곧 국력이란 걸 그 옛날에도 알았는데 말이다. 오늘날 출산율 문제가 절박하게 대두되니까 이제야 겨우 옛날을 본받으려 하고 있다. 앞을 내다보지 못한 단견행정이 나라의 장래에 미치는 영향이 얼마나 큰가를 되씹어 봐야 할 것이다. 셋째도 벌써 세 살 난 아들을 둔 아버지가 되었다.

사실 내가 혼인할 무렵 아버지가 집을 마련하라고 말씀하셨다. 논을 팔아서 집을 사면 동생들 공부는 어떻게 할 것인가가 염려되었다. 논이 많지는 않았지만 그런 정도의 형편은 되었다. 그럼에도 나는 아버지의 분부를 따르지 않았다. 그렇다고 집 마련에 대한 나 나름의 계획이 있는 것도 아니었다. 우선 아내와 떨어져 지내다 보면 무슨 방법이 생기겠지 하는 막연한 생각을 했을 뿐이다. 그러다가 할 수 없이 아내의 직장이 있는 지방으로 옮겼다. 거기서 세 아이를 얻었고, 사글세와 전세방을 경험했다. 한 계단 두 계단 올라가는 기쁨을 맛보았다. 아버지 말씀을 따르지 않은 내 결정에 어떤 미련도 없이 차근차근 걸어왔다. 그건 아버지와 어머니의 논이지 내가 산 게 아니었다. 때로는 부모와 자식 사이에도 냉정할 필요가 있다. 땀 흘려 모은 부모의 재산을 자식이 그냥 차지하는 것은 좋은 관행이라 할 수 없다. 그 이후 집을 마련하기까지 어려움이 많았지만, 그것이 훗날 내게 큰 자산이 되었다. 사람이 어려움을 겪지 않고 어떻게 인생의 깊이를 헤아릴 수 있을까. 어려움 속에서 피는 꽃이 더 아름답다. 그것 자체가 인생의 보람이요 향기가 아닌가. 인생은 자신이 만들어나가는 것이지 누가 대신해 주는 게 아니다.

아늑한 그 집에서 몇 년 동안 정이 들었다. 그러나 멀지 않아 정리해야 했다. 아내가 직장을 옮기게 된 것이다. 좋은 분의 도움으로 대구로 왔다. 처음 만났는데도 우리의 어려운 형편을 들으시고 선뜻 도와주셨다. 정말 뜻밖이었다. 아직도 그분의 고마움을 잊지 않고 있다. 잘 되어 가던 일이 마지막에 망가지는 경우가 있고, 가망이 없어 보이는 일도 끝에 가서 매듭이 잘 되는 경우가 있다. 아내의 이동은 후자다. 주변 사람들은 불가능한 지망이라고 했지만, 결과는 가능한 지망이 된 것이다. 평소 바라던 대로 되었다. 그러나 그때의 여건으로 대구에 우리 집을 마련할 만한 형편이 되지 못했다. 살던 집을 팔아서 대구의 비싼 집값을 충당하기는 역부족이었다. 하는 수 없이 조그마한 아파트에 전세를 들었다. 막내가 대구에 와서 돌을 맞았으나, 돌잔치를 제대로 하지 못했다. 아내 혼자 좁은 아파트에서 세 아이를 보살피며 출근해야 하는 힘든 생활이었다. 거기다가 나는 지방과 대구로 오가는 신세였다. 한주 간에 두 번씩 오르내리며 일인다역을 감당해야 했다. 매번 아이들 눈을 피해 몰래 도망 다니던 그때를 생각하면 지금도 가슴이 저려온다. 언제나 아이들을 가슴에 보듬고 다녔다. 아마 그때의 생활이 아내에게 가장 힘들었을 것이다. 아이들 이모가 도와주긴 했지만, 남편이 옆에 없었기에 심리적으로 육체적으로 많이 고달팠을 게다. 그 어려움을 잘 견뎌준 아내가 고맙다.

전세 아파트에서 우리 아파트로 옮기게 되었다. 오래된 작은 아파트였다. 하지만 마음은 편했다. 그러나 우리 가족이 살기에는 너무 좁았다. 두어 해 뒤 조금 큰 아파트로 이사했다. 그때는 내가 대구의 어느 대학으로 옮긴 후다. 우리가 대구에서 가정의 안정을 찾을 수 있게 된 게 그 즈음이었다. 큰 아이가 초등생, 둘째와 셋째가 유치원에 다녔다. 세 아이가 유치원생 때 쓰던 노란 모자가 아직도 장롱에 보관되어 있다. 그리고 아이들 모습이 담긴 사진이 내 서재에 걸려있다. 한 장은 셋이서 잠옷 차림으로 촛불 켠 케이크 옆에 둘러앉아 손뼉 치는 모습이다. 다른 한 장은 야외로 나들이 중 크지 않은 바위에 앉아서 아이들과 아내가 편안한 웃음을 짓는 모습이다. 또 다른 한 장은 경주 보문호를 배경으로 세 아이와 내가 나란히 앉아서 찍은 사진이다. 그 무렵 나는 운전을 배웠다. 틈만 나면 자동차의 먼지를 닦느라 바빴다. 밖을 중시한 형식주의에서 벗어나지 못한 것이다. 처음 자동차라 모든 게 서툴렀다. 삼십 년이 지난 지금도 서툴기는 마찬가지다. 하지만 그때 가족을 태우고 여기저기 놀러 다니는 즐거움을 누리기도 했다.

수년이 지난 뒤 좀 큰 아파트로 옮겼다. 아이들이 커서다. 각자의 방에서 공부하고 잠자는 게 좋은 모양이었다. 그 동안 학교를 마치고 모두들 짝을 만났다. 큰딸은 사업하는 신랑을 만났고, 둘째 딸은 대기업 간부사원의 신랑을 만났다. 그리고 아들은 영문과 출신의 아내를 만났다. 다들 알뜰하게 재미있게 산다. 자식들이 고맙다. 다들 잘 살아가는 모습이 흐뭇하다. 집에서 자동차로 첫째는 3분, 둘째는 5분, 셋째는 10분 거리에 모두 산다. 일부러 계획한 것도 아닌데, 가깝게 사니까 자주 볼 수 있어서 좋다. 더러는 뜸할 때도 있다. 완급의 조절이 필요한 삶이 아닌가. 거실 벽에는 우리 가족사진이 걸려 있다. 나는 매일 사진을 보고 웃는다. 사진의 얼굴들도 나를 보고 웃는다. 마주보고 웃는다. 인생살이가 뭐 이런 게 아닐까. 이 집에서 산 지 20년이 넘었으나, 불편함이 없다.

요즘 나는 이렇게 지낸다. 월요일은 가곡 배우러 나가고, 화요일은 '한국의 전통문화' 강의하러 나가고, 토요일은 붓글씨 배우러 나간다. 가끔 강의 부탁을 받는데, 재능기부하기도 한다. 가곡 배우기는 5년쯤 되었고, 강의는 3년 되었고, 붓글씨는 일 년이 채 안 된다. 가곡은 부르는 즐거움이 있고, 강의는 준비하는 과정이 즐겁고, 붓글씨는 마음 모으기가 즐겁다. 붓글씨가 오래도록 내 친구가 되었으면 좋겠다. 아직은 걸음마 단계다. 언젠가는 서예, 서도의 경지까지 가 보고 싶다.

4부

사바도 고쳐보면 이리도 고운 것을

뒷산

집에서 불과 3분 거리에 산이 있다. 이 산이 20년 넘도록 나를 붙들어 놓았다. 날로 매력이 더해가는 산이다. 높지는 않아도 나무가 꽤 많다. 소나무, 떡갈나무, 아카시아 등이 여름에는 우거진 푸른 숲을 이룬다. 군데군데 소나무가 모여 있는 곳은 솔잎 냄새가 코를 자극한다. 싱그러운 솔 냄새가 콧등을 스치는 순간 마음이 푸르게 변한다. 사계절 소나무에서 풍기는 그 특유의 향기는 언제나 변함이 없다. 특히 봄철 새순이 돋을 때 내뿜는 향기는 봄바람을 타고 멀리 퍼진다.

그러나 소나무의 생명력은 생각만큼 강하지 않다. 소나무만 어울려 있는 곳에서는 잘 알 수 없지만, 다른 수종의 나무들과 뒤섞여 있는 데서는 소나무가 의외로 약한 모습을 드러낸다. 특히 아카시아와 가까이하고 있는 소나무는 더욱 그렇다. 그런 곳에서는 소나무의 생육상태가 말이 아니다. 가지도 힘이 없고 솔잎도 생기가 없다. 홀쭉하게 키만 컸지 활기차게 쭉쭉 뻗어나가지 못한다. 겉으로 강해 보이는 소나무가 허약하기 짝이 없다. 낙엽수와 만나서도 제대로 생기를 펴지 못하는 소나무다. 그러나 떡갈나무는 아카시아와 함께 있어도 기가 죽지 않는다. 여러 그루의 아카시아가 떡갈나무 한두 그루를 감싸고 있는 곳에서 소나무처럼 되지 않는다. 오히려 아카시아의 생태가 약해 보일 뿐 떡갈나무는 더 튼실하게 자란다. 그러니 생명력의 강도는 떡갈나무, 아카시아, 소나무 순이다.

떡갈나무는 봄과 여름에는 잎이 무성하여 그늘이 좋다. 가을이 되면 떡갈나무 열매가 여기저기서 툭툭 떨어진다. 지나가는 사람들의 머리 위에도 떨어지고 숲속에도 떨어진다. 다람쥐가 줍는 모습은 보기 어렵다. 대신 청설모란 놈이 이리저리 다니면서 잽싸게 주워 먹느라 바쁘다. 도토리는 본디 다람쥐 먹이라고 하는데, 어찌된 영문인지 청설모가 그 많은 도토리를 독차지하고 말았다. 힘이 센 청설모가 독무대로 설치는 바람에 약한 다람쥐가 설 자리를 잃었다. 청설모는 사람을 만나도 두려워하는 기색 없이 대담하다. 어쩌다가 만나는 다람쥐는 주변을 경계하느라 먹이를 제대로 먹지 못한다. 가을철 떡갈나무 밑은 언제부턴가 청설모가 점유하고 말았으니, 먹이가 줄어든 다람쥐의 번식은 그만큼 어려워질 게 뻔하다. 우리에게 더 익숙한 다람쥐의 자취가 사라진 것이 우연이 아니다. 양육강식이라는 동물계의 생존원리 탓이기도 하겠지만, 환경오염에 따른 생태계의 변화 탓이기도 할 것이다. 요사이는 사람들까지 나서서 도토리를 마구 주워대니 다람쥐가 끼어들 틈이 없다. 그러니 다람쥐가 어떻게 살아가겠는가. 우리가 진정으로 자연친화적인 삶을 기대한다면, 동물들의 환경조건을 지나치게 침범하지 말아야 한다. 동·식물들의 생태환경이 자꾸 나빠지게 되면, 결국 사람들의 삶도 점차 삭막해질 것이다.

뒷산에는 아카시아가 많다. 과거에는 5월에 피던 아카시아 꽃이 4월 하순쯤이면 만개하는데, 그 향기가 대단하다. 아카시아 꽃향기는 바람을 타고 아주 멀리까지 퍼진다. 볼품없이 아래로 축 처진 아카시아 꽃에서 사람들을 매료시키는 향기를 내뿜는다. '책의 표지를 보고 그 책의 내용을 판단하지 말라.'는 말이 이 나무에도 적용된다. 아카시아

꽃의 모양과 향기를 두고 비유한 표현인가. 너무 외모지향적인 요즈음 젊은 세대들이 한 번쯤 생각해 보면 좋겠다. 사람의 인품이 외모에서 비롯될까. 대상의 겉모습만 보고 그것의 내용을 속단하는 것은 잘못이다. 아카시아 꽃이 곱다는 얘기를 들어보지 못했지만, 그 향기는 어떤 꽃에도 뒤지지 않는다. 아카시아 꽃의 향기는 주변에 사는 사람들에게 봄이 어디쯤 왔는지를 알려준다. 바람이 불면 그 진한 향기가, 저녁 무렵 시골 토담집에서 피어오르는 연기가 골목 안으로 나지막하게 번지듯이, 소리 없이 인근 아파트의 안방까지 들어온다. 사람들이 산에 오르지 않고도 아카시아 꽃의 향기를 즐긴다.

번식력이 강한 아카시아가 차츰 세력을 넓혀감에 따라 그 향기는 더 멀리 퍼지겠지만, 아카시아와 어울려 살아야 하는 소나무는 또 어떻게 될까. 아무 생각 없이 그저 봄기운에 빠져 있을 수만 없다. 소나무는 한국의 대표적 수종이 아닌가. 지구 온난화로 가뜩이나 소나무의 생육에 어려움이 많다는데. 생존력이 약한 소나무의 생태환경 문제가 우리의 마음을 무겁게 한다. 마을 뒷산 소나무는 물론 한국의 모든 산에 자라는 소나무 보호를 위해 우리 의 관심과 대책이 절실하다.

산에는 산책로가 여러 개 있다. 남북으로 뻗은 야트막한 등성이가 오르막과 내리막을 이룬다. 사방으로 길이 나 있어 어느 쪽에서든 가볍게 오를 수 있다. 곳곳에 야간 조명등이 세워져 있고, 군데군데 운동기구를 마련해 두었다. 작은 정자도 몇 채 있고 음료수대까지 있다. 그래서 새벽부터 밤까지 사람들의 발길이 끊이지 않는다. 도심에 이런 산이 있는 게 참 다행이다. 처음에는 운동할 생각으로 뒷산에 자주 올랐다. 출근하기 전 아침시간을 이용하기에 안성맞춤이다. 빠른 걸음으로 오가면서 철봉에도 매달리고 운동기구도 만져본다. 적당히 땀을 흘리고 나면 활력이 저절로 생긴다. 이십 년 넘게 그러다가 요사이는 아침만 고집하지 않는다. 시간적 여유가 있기 때문이다. 늦게 출근할 때는 아침시간을 이용하고, 그렇지 않을 때는 주로 오후에 오른다. 아침에 산에 오르는 사람들은 대부분 발걸음이 빠르다. 그러나 오후에 오르는 사람들은 발걸음이 제 각각이다. 한 시간 반 정도면 여유롭게 오르내릴 수 있는 이 산은, 친한 친구보다 더 자주 만나는 또 다른 내 친구다.

산에서는 가볍게 운동도 하고, 여기저기 놓여있는 의자에 앉아 쉬기도 하고, 때로는 아는 사람을 만나 담소하기도 한다. 이 산에 머무는 시간은 얼마든지 조절이 가능하다. 산의 꼭대기가 높지 않아 어느 지점에서 돌아와도 아쉬움이 없다. 여름철 한낮에도 뙤약볕을 받지 않을 정도로 나뭇잎이 무성하여 그늘 속에서 산책할 수 있다. 숲의 사이사이로 오솔길이 많아서 호젓이 사색하기에도 좋다. 혼자서 걷는 사람도 있고, 여럿이서 함께 걷기도 한다. 정자에 앉아 오락을 즐기는 사람도 있고, 비닐 지붕 아래서 배드민턴 경기를 하며 요란스럽게 떠드는 사람들도 있다.

이 산에 오르는 사람들은 저마다 시간이 즐겁다. 운동하는 재미, 아는 사람들끼리 얘기하는 재미, 산새들 노랫소리 듣는 재미, 뭔가 혼자 흥얼거리는 재미, 자연과 교감하는 재미, 일을 잠시 놓아버리는 재미, 자신과 만나는 재미, 무료한 시간을 달래는 재미 등등. 산에 오르면 걱정거리가 줄어든다. 발걸음이 가벼워지고 신이 난다. 자연에서 에너지를 얻어서 그런가. 자연의 순리를 닮아 가는 건가. 산에서 만나는 사람들은 표정이 밝다. 모두들 웃음 머금은 얼굴이다. 마음이 더 맑아지는가 보다. 산에 올라 체조하고 심호흡을 하고 나면 마음이 넉넉해진다. 그래서 모두들 날마다 뒷산을 오른다. 뒷산은 내가 산책하고 휴식하는 공간이기도 하고, 명상하며 성찰하는 곳이기도 하다. 책상 앞에서는 떠오르지 않던 생각이 산에서 해결의 실마리를 찾는 경우가 종종 있다. 인생의 열쇠가 나무와 숲속에 파묻혀 있는지도 모른다. 산에 오르기만 하면 이런저런 해답이 나오니까.

뒷산이 도심 가운데 위치해 있지만, 산은 산이다. 많은 새들이 지저귀고 매미와 풀벌레들이 노래하고 이름 모르는 미물들이 함께 살아간다. 부엉이가 울고 딱따구리가 나무를 안고 연주한다. 때로는 장끼가 크게 소리 지르며 위용을 자랑하기도 하고, 귀를 쫑긋 세운 고라니가 나타날 때도 있다. 고라니는 항상 겁에 질린 몸짓을 보여준다. 언제나 도망치듯 달린다. 산비탈 길을 마구 뛰어간다. 유유자적하는 고라니의 모습이 보고 싶다. 약자의 생활공간이 따로 존재하지 않는다. 고라니나 사람이나 마찬가지다. 산은 본디 동물의 전용 공간이었다. 사람들 때문에 동물들의 영역이 많이 위축되었다. 동물들은 얼마나 불편할까? 동물들의 공간을 너무 많이 침해해서는 안 된다. 동물들의 터전이 줄어들면 사람들의 생활도 온전하기 어렵다. 생명을 가진 모든 존재는 그 나름의 생존공간이 보장되어야 한다. 그러기 위해 서로 배려하며 살아야 한다. 동물과 사람 사이도 그렇고, 사람과 사람 사이도 그렇다.

산사

가슴 설레며 기다린 날, 하늘에 구름이 많이 떠 있다. 내 마음에도 구름이 가득 끼어 있지 않을까. 바람이 차지 않게 선선한 느낌으로 다가온다. 비교적 이른 시간이지만, 출발 지점으로 향하는 기분이 한결 가볍다. 마음을 비우고 달려온 탓일까. 모이는 장소에서 만난 사람들의 얼굴빛이 하나같이 산뜻해 보인다. 이 사람들의 따뜻하고 진지한 모습으로 보아 모두들 그 나름의 기대치를 안고 있는 것 같다. 깊은 골짜기 산사의 맑은 기운을 떠올리는 걸까. 수도승의 생생한 체험담을 기대하는 걸까. 대자연이 전개하는 불변의 순리를 생각하는 걸까. 아니면 길 떠나는 사람들의 막연한 호기심일까. 어쨌든 모두들 자신을 마음의 거울에 비추어 보고 싶은가 보다.

도시의 잡다한 일들을 접어두고 훌쩍 떠나와 보니, 흡사 한국화의 아름다운 그림과 같은 자연이 우리 앞에 펼쳐진다. 무엇이 그 깊은 산 속에서 우리를 기다리고 있을까. 한국의 산과 계곡은 어디나 수려하고 시원하다. 자연 속에 뛰어들고 싶은 생각이 절로 생긴다. 이곳까지 오는 사이 햇빛과 구름이 나타났다가 사라지기를 몇 번이나 반복했는데, 정작 내 마음에 끼어 있는 땟자국은 무엇으로 지울 수 있을까. 하늘의 구름은 바람이 불어오면 흔적 없이 사라지지만, 내 마음의 구름은 바람이 불어도 햇빛이 비쳐도 쉬 사라지지 않는다. 통지문과 전화를 받고 몇 달 만에 겨우 찾게 된 나 자신의 속내가 뭘까. 산사의 고즈넉한 분위기에 빠져들거나 아니면 산승의 진지한 말씀을 들음으로써 마음의 때를 지워보려는 얄팍한 계산일까. 어쩌면 또 다른 마음구름을 만들고 있는지도 모른다. 온갖 망상의 구름을 생성하는 바탕이 무엇인지도 모른 채 성급히 지우기만 하려는 내 욕망이 걱정스럽다.

산 중턱 위 한적한 산사 입구에 닿을 즈음 우리 일행을 반기듯 서설이 조용하게 내린다. 모두들 마음의 땟자국을 씻

어내고 싶어서인지 흰 송이로 떨어지는 서설을 머리로 받으며 하늘을 쳐다본다. 우리들을 맞아주듯이 흩날리는 서설의 소리 없는 안내를 받으며 호젓한 산사의 넓지 않은 도량에 들어섰다. 흔히 만나는 일주문도 없고 사천왕상도 보이지 않는다. 도량 주변의 분위기는 천여 년의 긴 역사를 간직한 채 고요에 잠들어 있다. 이곳은 대웅전을 중심으로 여러 전각이 즐비해 있는 커다란 사찰과는 사뭇 다른 구조다. 조촐해 보이기도 하고 소박해 보이기도 하는 단순한 기도 도량일 뿐이다. 수도승이 머무는 산사가 바로 이런 곳인가? 작은 규모의 대웅전이 퍽이나 인상적이다. 숲속에서 은은히 들려오는 산새 소리가 적막을 깨우는 듯하다. 자동차의 경적 소리가 요란한 도시를 떠나 한낮 시간의 이곳, 지금은 홀연히 세속을 떠나 자연과 산사의 아늑한 품에 들어와 있다. 도량의 모퉁이에 산수가 흐른다. 시원한 감로수 한 모금으로 마음을 비우고 높은 하늘에서 내려오는 흰 눈으로 몸을 깨끗이 닦았더니, 이제는 마음도 몸도 한결 홀가분하다.

한동안 찾지 못한 곳이라 설레는 마음을 진정하고 눈을 감고 앉았다. 한참 기다리고 있으니 산승 한 분이 가까이 왔다. 마음 졸이며 기다린 산승의 얼굴이 거울처럼 투명하다. 아무 감정도 생각도 없어 보인다. 계절의 변화도 우리 일행과의 만남도 그분에게는 별다른 게 아니다. 깊은 호수의 수면과 같이 잔잔한 산승의 얼굴이다. 그 어떤 마음의 움직임도 찾아볼 수 없다. 높은 수도의 경지가 저런 모습과 무슨 관련이 있는지 속인으로서는 전혀 알 수 없다. 티 없이 해맑은 얼굴에서 깊은 바다와 높은 산의 이질성과 동질성을 공유하고 있다고 할까. 언제 어디서나 초연하게 수행하는 그대로의 모습이다. 산승의 음성은 계곡에서 흘러내리는 물소리처럼 낭랑하고 청아하다. 전달하는 문장이 간결하고도 함축된 표현이다. 군더더기란 찾아볼 수 없다. 매우 인상적이다. 나란히 함께 거닐며 건네는 다정한 누나의 말소리와 같이 조용조용하다. 그 어떤 수사도 곁들이지 않는다. 그런데도 그분의 얘기가 마음 깊숙이 스며든다. 이심전심의 전달 방법이다. 밭에서 방금 뜯어온 신선한 식자재와 같이 아직 요리사의 손에 넘겨지지 않았는데도 거칠지 않고 말랑말랑한 말씀이다. 우리와 같은 속인들이 그냥 삼켜도 문제가 없을 정도다. 그분의 삶 그대로요 순수함이 머물고 있는 마음의 세계다.

그분은 체험을 특히 강조한다. 학문적 논리를 말이나 문장으로 드러내며 살아가는 우리들에게 실제 체험이 얼마나 중요한가를 몸소 보여주고 싶어한다. 그분 자신이 지내온 삶이 진정한 수행의 길이었기에, 말을 초월한 체험이었다는 것인가. 현상의 자신을 버리고 난 다음에라야 만날 수 있는 본연의 나는 초극의 체험을 겪지 않고는 불가능하다는 것이다. 그리고 언제나 자신의 꾸준한 실천과 정성어린 발원에 기대어야 한다는 말씀이다. 어린애의 걸음마와 같은 단계를 차근차근 거치지 않고 훌쩍 뛰어넘으려는 헛된 욕심을 버려야 한다는 것이다. 한참 뒤에 이어진 우리들의 질문에 대해 밝은 눈빛으로 빙긋이 웃는 게 곧 그의 대답이다. 천진한 어린이와 같은 산승의 얼굴빛으로 어림잡아 헤아려볼 수 있는 진리의 미소라고 할까. 경전의 뜻이나 논리적 사고력과는 사뭇 거리가 멀어 보인다. 멋쩍은 듯한 그 웃음이 암시하는 내재적 의미를 습득하기에는 우리의 수준 바깥 영역인 듯하다. 그러나 그날 우리는 순수와 체험의 결과가 어떤 것인가를 어렴풋이 맛볼 수 있는 행운을 누렸다.

진리는 늘 겸손과 공존하는가 보다. 참으로 오랜만에 포근히 젖어보는 인간적인 기쁨이 아닌가. 나직한 말소리와 잔잔한 미소를 머금은 산승의 짤막한 법문 그 너머에 진리를 꿰뚫는 혜안이 번득인다. 종교적 비유화법은 전혀 드러내지 않은 채, 그 자신의 절실한 체험 내용을 여과 없이 거침없이 토해낼 뿐이다. 산골 어느 토굴에서 겪은 일과 함께 자기 자신에 대한 엄격한 체험의 실상을 조금도 흐트러짐이 없이 송두리째 털어놓는다. 자상하고 온유한 표현 뒤에 감추어진 산승의 철저한 수행정신이 절절히 배어 있다. 자신을 비우지 않고는 결코 채울 수 없다고 한다. 비울 것은 세속적 욕심이요 채울 것은 자신의 진실한 체험이다.

우리들이 둘러앉은 앞에서 산승은 진실한 체험을 경험하기 위한 걸음마의 첫 단계를 진지하게 보여준다. 자상한 그의 모습 어디에도 종교적 권위는 티끌만큼도 보이지 않는다. 오직 소승적 수행을 통하여 대승적 자비로움이 조금씩 묻어날 뿐이다. 우리 시대의 정신적 빈곤 극복과 자발적 실천력의 향상을 위해 나아가야 할 지표가 분명하지 않음이 문제다. 이는 우리가 지향해야 할 바람직한 본을 찾지 못한데 기인한다. 운 좋게도 오늘 우리는 정신적 실천적 본을 여기 깊은 산사에서 만나게 되었다. 그리고 어렵고 고차적 이론이나 까다로운 격식을 거치지 않고 인간 본연의 마음에 다가가는 솔직한 체험의 기쁨이 어떤 것인가를 느꼈다. 우리가 이 도량에 들어설 때 동반했던 마음의 땟자국은 간데없고 이제 가벼운 마음으로 바뀌었다. 모처럼 마음 부자가 되었다. 자신의 진실한 체험을 통해 터득한 부자 마음은 가벼운 반면, 허욕으로 채워진 마음은 무겁다. 무거운 부자 마음은 육체에 밀려서 쉬 무너지지만 가벼운 부자 마음은 육신의 주인이다. 오래도록 자신을 지배한다. 진정한 부자 마음을 가지면 누구나 본이 될 수 있단다.

우리가 떠날 즈음 배웅하는 이 없어도 모두들 흐뭇해한다. 만나면 헤어져야 하고 헤어지면 또 만나는 것이 세상 인연이 아닌가. 유서 깊은 산사를 감싸고 있는 뒷산 중턱 위에는 그 사이 눈꽃이 만개했다. 봄을 알리는 매화, 개나리, 버들가지 등과 달리, 여기 깊은 산의 소나무에 하얗게 수놓은 눈꽃은 또 무슨 자연의 조화인가. 세간과 출세간의 거리가 이렇게도 멀다는 말인가. 겨울과 봄이 공존하는 자연의 순환원리가 깊은 산사 주변에서 연출되고 있다. 어제 속에 오늘이 있고, 오늘 속에 내일이 잉태된다. 시간이란 인간 나름의 편의적인 구분일 뿐, 그것은 연속적인 흐름이다. 얼핏 초라하게 보이는 산사의 허물어진 모습에서 천여 년의 세월과 함께해 온 법음이 은은하게 들려오는 것 같다. 외형이 보잘것없다고 내용까지 빈약하지 않음을 모두가 깨달을 수 있었던 하루였다. 도량의 한쪽에선 무슨 토목공사가 한창이다. 멀지 않아 여기도 거대한 건물들로 채워지면 그 진리의 소리가 과연 들려올까. 종교적 진리가 도량의 형식이나 규모와 무슨 상관관계가 있다는 말인가. 방자한 문명은 자칫 문맹으로 이어지기 쉽다. 형식이 지나치면 내용이 빈약하기 십상이다.

이 산사가 언제까지 본디 모습을 유지할까. 아쉬운 마음을 안은 채 발길을 옮겼다. 우리는 사람이 주인인 세상을 굳게 믿는다. 외적 형식에 대한 허망함을 다시금 떠올려 본다. 돌아올 즈음에는 구름도 없고 눈도 그쳤다. 몸도 마음도 편안해졌다. 자신의 실천적 체험을 진지하게 들려준 산승의 천진스런 미소가 떠나지 않는다.

담양

담양은 물이 맑고 햇살이 잘 드는 고장이다. 또 문화유적이 많은 곳이기도 하다. 언제부터 한번 가보고 싶었는데, 오랜만에 그 뜻을 이루었다. 작년 가을 대학 친구들과 함께 1박 2일로 다녀왔다. 이 친구들은 모두 전공이 서로 다른데도 대학 2학년 때부터 하숙집으로 자취방으로 몰려다니면서 막걸리 잔을 앞에 놓고 인생을 논하며 우정을 쌓았다. 처음에 모인 숫자는 더 많았으나, 50년 가까운 세월이 지나고 나니 이제는 다섯 친구 내외가 주기적으로 만난다. 세 친구는 서울에, 두 친구는 대구에 산다. 봄철과 가을철에 전국의 명승지나 유적지를 주로 찾아다닌다. 어디를 가나 모두들 즐거워한다. 우리의 빛나는 전통문화에 대한 자부심을 높이고, 아름다운 자연환경과 기후조건에 새삼 고마움을 느낀다. 그리고 해마다 친구들과의 만남이 더 소중함을 알아가는 행복감에 모두들 만족해하는 눈치다. 작년 봄에는 강원도 영월에서 모였는데, 그때 헤어지면서 가을에는 담양에서 만나기로 약속했다.

연락을 책임진 나는 담양에 대한 자세한 관광정보를 알아보기 위해 담양군청 홈페이지에 들어갔다. 관광지, 교통, 숙박, 음식 등을 검색하다가 군청 관광레저과에서 관광안내도를 우송해 준다기에 주소를 입력해 두었다. 며칠 뒤 내가 필요한 모든 정보가 담긴 관광안내도가 집에 배달되었다. 봉투에 찍힌 번호로 전화를 걸어 담당 직원에게 고맙다는 인사를 했더니, 당연한 일인데 전화까지 해줘서 오히려 내게 고맙다고 했다. 공직자들이 모두 이렇게 친절하게 국민을 위해 봉사한다면 얼마나 좋을까.

담양을 찾았다. 마침 세계 대나무 박람회가 담양 죽녹원 주변에서 열리고 있는 기간이라 관광객들이 많았다. 죽녹원 입구에서 좀 떨어진 주차장에 차를 세워두고 죽녹원까지 걸었다. 산 전체가 대나무 숲을 이루고 있는 죽녹원에는 여러 갈래의 오솔길이 나 있고, 하늘을 향해 매끈하게 잘 자란 대나무가 정말 장관이었다. 절개를 상징하는 굵직한 대나무들이 쭉쭉 뻗어 있다. 그래서인지 이곳에는 지조 높은 선비들이 많이 배출되었다. 멀리서 보면 푸른 꽃봉오리 모양의 죽녹원 대나무 숲길을 따라 여유를 누리다가 조금 떨어진 체육관에 들러 대나무와 관련된 영상물을 관람했다. 모두들 마음이 온통 대나무의 푸른 기운에 푹 젖은 듯 싱그러움이 가득했다. 거기서 주차장으로 가는 사이에 널찍한 내가 흐른다. 내의 양쪽으로 둑이 길게 뻗어 있고, 둑 위에는 꽤 오래된 아름드리 버드나무들이 즐비해 있다. 내의 남쪽 둑에는 '관방제림' 이라 새긴 큰 돌이 세워져 있다. 담양의 젖줄과 같은 이 내를 보존하기 위해 양쪽에 둑을 쌓고 나무를 심은 모양이다. 높은 곳의 죽녹원과 낮은 곳의 관방제림이 잘 어울려 담양의 경치가 더욱 아름답다. 우람한 버드나무의 단풍과 무르익어가는 가을 분위기가 절정을 이루는 주변 경관을 마음껏 눈에 담으면서 우리는 멀지 않은 곳의 면앙정을 찾았다.

〈면앙정가〉의 작자 송순 선생은 조선에서도 복이 많기로 소문난 선비다. 선생은 중종 때 과거에 급제하여 관직에 나갔으나 권력 독점자들의 비행을 참지 못해 사직하고 고향에 내려와서 정자를 짓고 소일했다. 뒤에 조정의 부름을 받아 70세가 지나서도 벼슬을 하다가 스스로 관직에서 물러나 이곳에 내려와서 여생을 보냈으며 구순이 넘도록 장수했다고 한다. 북쪽으로 넓은 들을 등지고 있는 면앙정은 길옆 언덕 위에 정면 3칸 측면 2칸의 작은 정자로 가운데 조그마한 방이 하나 있다. 이 정자에서 송순 선생은 성리학자 고봉 기대승 선생, 조선 최고의 가사 문학가이자 정치가인 송강 정철 선생, 호방한 낭만시인이요 문장가인 백호 임제 선생과 학문과 인생을 논의했을 것이다. 선생이 41세 때 면앙정을 지었다고 하지만, 그 이후 여러 번 중수하여 오늘에 이른 면앙정이 날렵하고도 아담하다. 해질 무렵 면앙정의 고즈넉한 모습이 송순 선생의 진면목을 대하는 듯하였고, 학교에서 배운 송순 선생의 〈면앙정가〉 일부가 떠올랐다. '무등산 한 지맥이 동쪽으로 뻗어 있어 멀리 떨치고 나와 제월봉이 되었거늘… 구름탄 푸른 학이 천리를 가려고….' 무등산의 정기를 받은 면앙정 송순 선생이 푸른 학처럼 고고하게 생활하신 그때가 눈에 선하게 그려지는 듯했다. 잠시 머문 면앙정에서 우리는 조선 최고의 복노인을 만나 무언의 가르침을 받은 탓인지 새벽부터 바쁘게 움직인 하루의 발걸음이 가볍기만 했다.

미리 예약해 둔 숙소의 두 방이 늦게까지 우리를 기다리고 있었다. 다음 날 아침 된장찌개의 맛과 주인의 넉넉한 인심을 간직한 채 우리는 남쪽으로 좀 떨어진 소쇄원으로 향했다. 자동차로 수십 분 달려서 크지 않은 소쇄원 주차장에 닿았다. 커다란 소쇄원의 안내도를 살펴본 다음, 우리는 길을 건너 소쇄원 입구에 들어섰다. 조선 최고의 민간 정원으로 알려진 곳이라 마음이 자못 설레었는데, 소쇄원 테두리 안에 들어서고 보니 많이 들어왔던 찬사가 오히려 인색할 정도였다. 정원 진입로의 오른편에는 싱싱한 대나무가 울창하고 왼편에는 떨어진 낙엽 사이로 개울물이 졸졸 흐른다. 곧게 쭉 뻗은 대나무의 푸른 잎은 바람에 일렁이고, 개울의 양쪽 비탈에는 해묵은 이끼가 겹겹이 쌓여 있다. 멀지 않은 제월당과 광풍각이 빨리 보고 싶어선지 마음이 먼저 달려간다. 조금 걷다가 자그마한 기와지붕이 보였다. 눈에 들어오는 모습이 어찌나 인상적인지 목소리마저 줄어들었다. 자주 듣고 상상으로 그려봤던 그 제월당과 광풍각이란 말인가. 언뜻 보면 초라한 것 같기도 하고, 있는 듯 없는 듯이 자연의 일부가 되어 버렸다. 산비탈의 바위 위에 얹혀 있는 제월당과 광풍각이 앞뒤 차례로 우리의 눈을 놀라게 한다. 계곡에서 불어오는 서늘한 바람이 제월당과 광풍각을 찾는 우리에게 자연의 맛을 선사한다. 산자락의 나무,

바위, 계곡물 등이 어우러져 있는 제월당과 광풍각에 이르고서야 그 명성을 겨우 알아차렸다. 흔히 원園은 자연경관을 아름답게 잘 꾸며 둔 넓은 뜰과 우거진 숲이라고 하는데, 이곳 소쇄원은 자연경관을 일부러 근사하게 꾸민 흔적이 눈에 띄지 않는다. 비탈진 산자락의 돌 위에 자리한 제월당은 큰 바위처럼 세월의 흔적을 보듬고 서 있다. 그리고 당堂은 주거형식의 건물로 방과 대청이 있는 별당이라고들 하지만, 여기 소쇄원의 제월당은 무등산의 한 줄기로 뻗은 제월봉의 '봉' 대신 '당'이라는 이름을 붙여놓아서 그런지 별당이기보다 산자락의 일부분으로 보인다. 작은 방 하나가 왼편에 위치하고 나머지 공간은 마루인 제월당이다.

모자를 벗고 마루 위에 올라 안쪽에 걸린 편액에 적힌 송순 선생의 글을 읽느라 끙끙대고 있을 때, 양산보 선생의 후손이라는 해설사 한 분이 다가와서 줄줄 읽어줘서 그 내용의 대강을 짐작할 수 있었다. 제월당은 긴긴 세월 동안 수많은 시인 묵객들이 드나들었을 것이다. 여기서 양산보 선생은 많은 선비들과 학문을 논하고 자연과 더불어 풍류를 즐기며 시를 읊조리며 평생을 지냈다고 한다. 이곳을 찾은 옛 선비들의 고상한 정신과 멋스러운 삶의 자취가 제월당에 깊숙이 배어 있는 것만 같다. 잠시 머문 사이 제월당의 기품

넘치는 모습과 단아한 분위기가 우리들 마음을 정화시켜 주었다. 기와지붕은 네 모서리가 날아갈 듯 치켜 있고 가운데는 푹 꺼져 있다. 그동안 수많은 선비들이 제월당의 작은 방에서 머리를 마주한 채 학문과 자연을 논했을 것이고, 여름이면 마루에 모여 앉아 무등산에서 내려오는 소슬바람 쏘이면서 호연지기를 키웠을 것이다. 그리고 자연의 순리를 터득했을 것이다. 제월당 바로 앞은 광풍각이다. 각閣은 석축이나 단상에 격식 있게 높게 지은 건물이라 하는데, 소쇄원의 광풍각은 석축이나 단상 위도 아니고 격식 있게 지은 높은 건물도 아니다. 제월당과 엇비슷한 규모의 작은 집인데, 다만 방이 중간에 위치해 있다. 제월당이 주인집이라면 광풍각은 손님집이랄까. 뒷산 정기를 받은 제월당의 고상한 품격과 광풍각의 소박한 정취가 계곡을 타고 흘러내리는 물과 시원한 바람이 한데 어우러지는 곳이 소쇄원이다.

개울 건너 울창한 대나무는 소쇄원 주인의 지조를 상징하듯 의젓한 기상을 자랑한다. 소쇄원을 세운 양산보 선생은 어려서 아버지 손에 이끌려 정암 조광조 선생의 문하에 들어갔다. 그러나 그는 훈구파 세력의 음모로 정암 선생이 무참히 목숨을 잃게 된 상황을 접하고서 모든 꿈을 접은 채 낙향하여 이 정원을 조성했다. 조선의 선비들에게 지조는 최고의 자부심이었다. 그것을 실천한 분이 양산보 선생이다. 선비요 정치가인 정암 선생의 학문과 지조를 배운 기간은 그리 길지 않았지만, 선비로서 지켜야 할 지조를 본받은 그분의 뜻이 이곳 소쇄원에 그대로 투영되어서 수많은 방문자들에게 깊은 가르침을 주고 있다. 우리는 소쇄원에 겹겹이 배어 있는 고매한 선비정신이 던져 주는 많은 과제를 안고 말없이 돌아섰다.

아쉬움을 뒤로 한 채 우리가 찾은 곳은 송강정이다. 이 정자에는 죽록정이라는 또 하나의 현판이 붙어 있다. 죽록정이 처음 이름이고 나중에 송강정이라 고쳤단다. 장원급제로 벼슬길에 오른 송강 정철 선생이 대사헌으로 있을 때 동인의 탄핵으로 관직을 물러나 이곳에 와서 4년 동안 머물렀다. 그 기간 많은 문학작품을 남겼는데, 〈사미인곡〉과 〈속미인곡〉도 여기서 지었다. '이 몸 태어날 때 임을 따라 태어났으니 천생 연분이며 하늘 모를 일이던가… 평생에 원하되 함께 지내자고 하더니… 그 사이 어찌하여 외로 두고 그리워하는가.' 이게 〈사미인곡〉의 서두이다. 그리고 '저기 가는 저 각시 본 듯도 하구나 천상 백옥경을 어찌하여 이별하고 해 저문 날에 누구를 보러 가시는고.' 이것은 〈속미인곡〉의 일부다. 〈사미인곡〉은 평서체인데, 〈속미인곡〉은

대화체다. 두 작품 모두 임금을 그리워하는 노래다. 송강 선생은 이곳에 머물다가 우의정으로 다시 관직에 나가서 좌의정까지 지냈다. 그 뒤 선생은 명나라 사은사로 다녀온 후 사직하고 강화도의 송정촌에 머물며 만년을 보냈다고 한다. 하지만 선생은 사후에도 오래도록 기축옥사의 위관 논쟁에 연루되어 왔는데, 아직까지 갖가지 억측들이 난무할 뿐 확실하게 정리되지 않았다. 그럼에도 곱지 않은 시선으로 선생을 바라보는 이들이 없지 않다고 한다. 우리는 송강 선생이 남긴 주옥같은 가사작품들을 한 구절씩 떠올려 보면서 송강정 계단 아래로 천천히 내려왔다.

이렇게 해서 우리는 햇볕 따사로운 담양의 가을을 마음껏 즐기고, 지조 높은 선비들의 삶의 흔적을 더듬어 보는 소중한 시간을 간직한 채 담양 나들이를 마무리했다.

연꽃

여름에는 책을 읽거나 일에 몰두하면 더위를 잊지만, 자연에 가까이 다가가서 마음을 풀어 놓고 어울리는 것도 좋은 방법이 될 것이다. 여름의 한가운데로 깊숙이 들어가서 계절적 특성을 실컷 맛보며 느긋하게 자연에 빠져들어 보자.

집에서 그리 멀지 않은 곳에 아담한 못이 있다. 교외로 벗어나 짧은 터널을 지나면 바로 닿을 수 있다. 자동차로 30분 거리여서 오가는 데 시간적 부담이 없다. 못 입구에 다다르면 어느 문중의 정자가 대문채처럼 사람들을 맞이하고, 맞은 편 서쪽 언덕에는 찻집이 두어 군데 보인다. 그 중간에 하현달 모양의 아담한 못이 얌전하게 자리하고 있다. 못 위에 깊은 계곡이 있는 것도 아니고 작은 시냇물이 흘러내리지도 않는다. 그런데도 물이 마르지 않은 채 해마다 이맘때면 연꽃이 못을 아름답게 꾸민다. 이곳에 도착하면 못 안쪽으로 10여 미터쯤 떨어진 정자에 앉아서 바람을 맞으며 땀을 식혀도 좋고, 남쪽으로 못의 가장자리를 끼고 돌아가서 찻집에 들러 목을 적셔도 좋다. 하지만 무엇보다 우리의 눈길을 사정없이 끌어당기는 것은 못을 가득 메운 연꽃이다. 아무 생각 없이 못 둑에서 바라보기만 해도 온몸이 곱게 물든다. 가만히 서 있어도 연꽃 물결이 몰려와서 나를 못 가운데로 옮겨다 놓은 착각이 들기도 한다.

꽃들은 대개 이른 봄부터 초여름까지 많이 핀다. 그러나 연꽃은 그런 때를 넘겨 한여름에 핀다. 매미의 노랫소리가 여름 분위기를 고조시킬 때쯤 이곳은 연꽃이 한창이다. 평퍼짐한 못을 가득 메운 연꽃들이 평화롭기만 하다. 꽃들이 눈에 들어오는 순간 내 마음 밭이 온통 연분홍으로 채워진다. 낯선 곳에서 맛보는 기쁨이 아니고 고향의 마을 어귀에서 만나는 푸근함이 있다. 일 년에 한번 만나는 고운 연꽃이건만 그때마다 친숙하게 다가온다. 연꽃 바람을 타고 오는 산뜻한 공기가 온몸을 감싸준다. 혼자서도 외롭지 않다. 들판의 싱그러운 기운과 은은한 연꽃 향기가 어우러진 바람이다. 사방으로 탁 트인 곳이라 항시 열려있는 바람이다. 연꽃 바람 속으로 몸과 마음이 한꺼번에 끌려들어간다. 온통 푸른 빛깔로 단장한 여름과 소리 없는 얘기를 나누며 못의 갓길을 걷다 보면 둥근 지붕과 네모난 지붕을 만난다. 둥근 지붕은 옛날 초가집과 닮았고 네모난 지붕은 기와집과 닮았다. 네모 지붕의 두 채는 갤러리와 찻집이고 둥근 지붕은 찻집 겸 식당이다. 한창 더운 낮 시간은 갤러리에 들린다. 널찍한 전시장에 진열된 도자기 하나하나에 시선을 던져본다. 도공의 예술혼이 어떤 것일까. 도자기의 수려함과 안정감이 돋보인다. 관상용이 아니고 모두 실용품들이다. 작품 한 점을 앞에 놓고 예술가와 문외한이 원거리 동문서답하는 장면이 전개된다. 보이지도 들리지도 않는 소통과 불통이 교차하는 전시장이다.

오직 눈에 들어오는 세계만 생각한다. 못 전체가 연분홍이다. 그 밖은 내 관심 밖이다. 여름과 연꽃과 사람이 이렇게 어울린다. 연꽃 핀 여름이 아니면 느낄 수 없는 느긋함이 있다. 더워야 여름이다. 열정이 넘치고 생기가 솟구치는 여름이다. 모든 생명체들이 최고의 싱그러움을 뽐내는 때다. 여름의 강렬한 생명력이 건강을 과시한다. 싱싱한 여름과 동행한 채 못 둘레를 천천히 걷는다. 보이는 것이라곤 푸른 색과 연분홍색이다. 주변의 나무가 푸르고 들판이 푸르고 연잎이 푸르다. 푸르지 않으면 여름이 아니다. 짙푸름이 있고 은은한 연분홍 연꽃이 있다. 자연의 조화로움이 색깔의 대조로 전개되는 곳이 여기 연꽃 핀 못이다. 여름에 매몰된 마음을 서서히 일으킨다. 둥근 집으로 들어선다. 연꽃이 잘 보이는 자리를 찾는다. 전망 좋은 자리에 죽치고 앉는다. 탁자 위 커피 향이 외롭게 기다린다. 자연의 신비로움에 빠져버린 나를 어찌할 수 없는가 보다. 생명이 무시로 움트고, 모든 생명체들이 공존의 생태를 유지하면서 자연계의 순환적 질서를 이어간다. 생존의 원리가 있고 공생의 울림이 있다. 또 변화와 무상함이 있다. 대자연의 마력에 빠져 시간 가는 줄 모른다. 집주인의 눈치를 억지로 외면한 채 버티는 몰염치의 인내력을 발휘할 때도 있다. 이따금 졸기도 하고 때로는 진열대의 책을 열어보기도 한다. 그러다 보면 해가 천천히 기운다. 해가 서산에 걸리고 열기가 어느 정도 가라앉은 때의 연지는 한낮과 다르다. 들판 가운데의 못이라서 둑이 낮다. 남쪽 가장자리에는 돌에 새겨진 시가 반갑게 사람들을 맞이한다. 이호우와 이영도의 언어가 돌에 새겨져 있다. 이호우의 〈연〉 첫머리는 "사는 길 나름임을 곳을 탓하리오." 이고, 이영도의 〈연꽃〉 첫머리는 "사바도 고쳐보면 이리도 고운 곳을." 이다. 두 편의 시상이 닮았다. 두 분이 이곳 출신의 오누이라서 그런가. 어디서 살든 생각하기에 따라 다 좋은 곳이란다. 내가 발을 딛고 있는 데가 천국이요 극락이 아닌가. 연꽃처럼 고운 시어에 향토색이 물씬 풍긴다. 구절마다 달관의 경지를 넌지시 암시해 준다. 인생을 담은 시어들과 얘기하는 시간에도 연꽃 향기가 주위를 떠나지 않는다.

연꽃은 한꺼번에 만개하지 않는다. 조금씩 시차를 두고 핀다. 언뜻 보아 활짝 핀 듯하지만, 꽃잎이 한꺼번에 열리지 않는다. 수줍은 듯 얼굴 일부만 조심스럽게 드러낸다. 자신을 살짝 감추고 고개만 가볍게 내민다. 겸손함의 표시인가. 유연함의 상징인가. 몇 겹으로 쌓인 꽃잎들의 연약한 상태가 펼치기 힘들어서인가. 웃음 머금은 꽃잎들이 수줍은 듯 금방이라도 닫힐 것만 같다. 우리와 같은 속인들이 범접하지 말라는 무언의 몸짓인가. 가냘픈 꽃잎을 만져볼 생각은 일찌감치 포기해야 한다. 부드러운 연분홍 연꽃이지만 느낌은 강렬하다. 연한 색깔이 진한 색깔보다 더 강한 느낌이다. 꽃잎이 처음 열릴 때와 만개할 때의 색깔이 같지 않다. 머리 부분이 더 진하고 아래로 내려갈수록 차츰 연하다. 활짝 핀 꽃잎은 바람을 따라 천천히 일렁인다. 바람 타고 노니는 나비처럼 예쁘다. 겉으로는 연약해 보이지만, 그 내공은 만만치 않다. 인고의 뒤에 비로소 웃어주는 연꽃이다. 외유내강형의 전형이다. 표면적으로는 내면적 강인함이 전혀 드러나지 않는다. 오래도록 깜깜한 진흙 속에서 어렵게 그 생명력을 키워온 탓일까. 어떤 악조건에서도 본래의 맑은 속성을 잃지 않는 연꽃이다. 자연의 가르침이 이런 것인가. 고진감래의 떳떳함이 자랑스러워 보인다. 만개한 꽃들은 어떤 몸짓도 없고 이렇다 할 낌새도 없다. 자신의 존재를 의도적으로 드러내지 않는다. 그러다가 어느 날 아무도 몰래 스스로 꽃잎을 떨어뜨려 버리는 겸손함을 보여준다.

연꽃의 녹색 잎사귀는 코끼리의 귀처럼 둥글고 널찍하다. 편안함과 넉넉함을 간직한 연잎이다. 못에 물이 보이지 않을 정도로 연잎이 뒤덮고 있다. 다만 못의 정수리 부분에만 숨통이 조금 열려 있다. 커다란 돗자리 크기의 물이 호흡하는 숨구멍이다. 그 나머지는 무성하게 자란 푸른 잎사귀들이 펑퍼짐하게 날개를 펼치고 있다. 그 사이사이를 뚫고 치솟은 꽃대가 봄날의 죽순 같이 무수히 많다. 활짝 핀 연꽃도 아름답지만 꽃대 또한 일품이다. 가냘픈 꽃대 머리가 있는가 하면 두툼한 꽃대 머리도 있고, 길쭉한 꽃대 머리가 있는가 하면 둥그스름한 꽃대 머리도 있다. 꽃대 머리는 피기 전의 꽃봉오리다. 죽순의 키가 다 자란 대나무와 같듯이, 연의 꽃대도 피기 전에 다 큰다. 유선형의 꽃대들이 날렵한 몸매를 자랑한다. 하늘로 날아오를 듯 머리를 쳐들기도 하고, 누군가를 간절하게 기다리며 먼 곳을 바라보기도 한다. 학의 머리와 닮았다. '학수고대'라는 말이 이곳에서는 '연수고대'로 바뀌어야겠다. 그리움을 가득 안은 꽃망울이다. 연약하게 보이는 꽃대의 기다란 목은 세찬 바람에도 쉽게 꺾이지 않는다. 커다란 연잎이 아랫부분을 든든하게 받쳐 주기 때문이다. 연잎 없는 연꽃은 기대하기 어렵다. 연잎이 배경이라면 연꽃은 전경이다. 전경의 영광이 배경에서 비롯됨이 여기서도 드러난다.

여리게만 보이는 꽃망울은 날마다 살이 찐다. 꽃망울의 윗부분은 연분홍색이고 아랫부분은 연두색이다. 세상을 관조하듯 긴 목을 내밀고, 비바람이 몰아쳐도 꿋꿋이 버틴다. 고매한 인품을 가진 선비의 올곧은 지조를 보는 것 같다. 주변 환경의 급변에도 본디 자태를 흩트리지 않는다. 언제나 제 정신을 놓치지 않는 연꽃이다. 일 년 내내 덕을 쌓고 몸을 닦은 기품 그대로다. 온갖 풍상을 겪으면서도 자기 세계를 잃지 않는 연꽃의 생태가 돋보인다. 유선형의 봉오리가 천천히 부풀어 올라 꽃잎의 속살을 살며시 드러낸다. 연분홍 꽃잎이 머리를 내밀면 등불이 환하게 밝아오는 듯하다. 짙푸른 연잎이 배경으로 작용한 탓인지 연분홍이 더욱 선명하게 펴진다. 하지만 서서히 개화한 꽃잎은 오래 머물지 않는다. 머리를 치켜든 꽃대의 시간이 길어서인가. 세상 무엇이든 준비는 길고 결과는 짧은 법이다. 인간의 매사가 연꽃의 생태와 크게 다르지 않다. 우리 삶의 대부분이 준비하는 시간이 아닌가. 몇 시간의 시합을 위해 몇 달을 연습하고, 하루의 시험을 위해 몇 년을 준비하고, 하나의 신제품을 만들어 내기 위해 긴긴 실험 기간을 거친다. 어려운 조건에서도 자신을 포기하지 않고 오로지 준비에만 몰두하는 연꽃이다. 한여름에 꽃을 피우기 위해 세 계절을 견디는 연꽃이다. 이런 연꽃의 강인한 생태과정이 우리들 삶의 세계를 반추하는 계기를 제공해 준다.

많은 꽃송이 중 먼저 핀 꽃잎은 약간 아래로 처진다. 머리를 일찍 내민 꽃잎이 더위에 버틸 힘이 없어서인가. 연약해 보이는 꽃이라 쉽게 지칠 듯하지만, 꽃잎이 한꺼번에 떨어지지 않는다. 부드러움은 오래가기 마련이다. 누구에게나 부드러움을 주는 게 배려의 마음이요 포용의 방법이다. 양팔을 크게 벌려 고운 꽃잎들을 안고 싶다. 은은한 연꽃의 향기가 온몸에 스며든다. 맹물의 맛과 같은 연향이다. 찻집의 커피 향과는 대조적이다. 은근한 향기와 진한 향기. 자연의 맛과 인공의 맛. 못 둑이 그 경계다. 입으로 커피 향이 진하지만, 마음으로는 연향이 진하다.

꽃잎이 지고나면 물뿌리개 모양의 연밥이 남는다. 어린아이 주먹 크기다. 연밥이 수두룩하다. 연잎과 꽃대와 꽃잎과 연밥이 한눈에 들어온다. 한쪽에선 피고 한쪽에선 진다. 또 다른 쪽에선 꽃대가 솟고 연밥이 맺힌다. 사람 사는 세상도 마찬가지다. 연령별 모든 계층이 공존하는 가운데, 누구는 나고 또 누구는 떠나가니 말이다. 여기는 푸른 들판이 있고, 연분홍 연꽃이 있고, 연꽃을 노래한 시인의 목소리가 있다. 자연과 인간이 하나로 어우러지는 곳이 바로 여기다. 더운 여름이 있기에 가을이 시원하지 않은가. 연꽃 핀 여름과 즐겨 보라. 금방 풀벌레 소리가 귓가에 찾아올 게다.

사계절 피는 꽃

야생화는 산이나 들에 많다. 화단이나 화분에 가꾸는 사람은 별로 없었다. 일반 꽃집에서도 취급하지 않았다. 최근에 와서 사람들이 야생화에 관심이 커졌다. 야생화를 전문으로 판매하는 꽃집까지 등장했다. 누구나 좋아하는 꽃들에 싫증이 난 것일까. 아니면 모두들 자연에 더 가까이 다가가고 싶어서일까.

우리 집 베란다에는 키 큰 나무 한 그루가 있다. 꽃이 피지 않아도 보기 좋은 나무다. 초겨울에 작은 가지나 잎사귀를 잘라 준다. 두어 달이 지나면 연두색 새잎이 돋아서 봄소식을 알린다. 여름에는 큼직한 잎이 시원한 느낌을 준다.

10여 년 전 문화상을 받을 때, 대학 후배가 축하리본을 달아서 선물로 건네주었다. 우리 집에 들어온 후 키도 많이 컸고 줄기도 많이 굵었다. 태생이 본디 튼튼해선지 모르지만, 지금까지 탈 없이 잘 자라 주어서 고맙다. 그때의 분홍색 리본이 퇴색된 채 아직도 나무에 매달려서 그 후배의 고마운 마음을 무시로 전해준다.

또 이 사람 저 사람이 가져다 준 난초 화분이 여러 개 있다. 제대로 키우지 못한 화분이 여남은 개가 넘는다. 그 중에는 부주의로 분을 깨 버린 것도 있고 아무도 모르게 시들어 버린 것도 있다. 게으른 내가 화초를 키우는 일이 가당치도 않은데, 난초는 게을러야 잘 키운다니 얼마나 다행인가. 해마다 2할 정도는 꽃이 핀다. 이른 봄에 피기도 하고 여름과 겨울에 피기도 한다. 난은 잎이 무성하면 꽃대가 약하고 잎이 그럭저럭해야 꽃대가 튼실하다. 불과 몇 개의 분에서 피는 꽃이지만, 그 향기가 베란다를 채우고 거실과 방 안까지 스며든다. 난 특유의 향이다. 꽃 가까이 가지 않아도 그 향기가 멀리 퍼진다. 초연한 외모도 좋지만, 그윽한 향기는 더 좋다. 꽃대가 머리를 내밀 때부터 꽃잎이 떨어질 때까지 우리의 눈과 코를 사로잡는 게 난초다. 그 기간을 짧게 잡아도 두어 달은 간다. 난이 피어 있는 동안 집 전체의 분위기가 달라진다. 꽃망울이 터지기 직전에는 가족 모두가 얌전해진다. 마음대로 큰 소릴 지르지 못한다. 몸도 마음도 단정함을 유지하게 된다. 집안의 최고 어른이 난이다. 예부터 난은 고결한 선비의 기품에 견주어 왔다. 그 깔끔한 외모와 생태가 청빈낙도를 지향하는 선비의 속성과 닮았다. 그러니 누군들 난을 가까이 두려 하지 않겠는가.

베란다에는 또 다육이라는 게 있다. 이것은 우리 집에 가장 늦게 들어왔는데, 내가 그 이름을 알게 된 게 불과 몇 년 전이다. 각기 다른 이름을 가진 다육이다. 광옥, 그린, 레이더스 핑거, … 등 다양하다. 통칭 다육이로 불리는 이것들은 다른 화초에 비해 키우기 쉽다. 크기가 작고 줄기와 잎이 선인장과 비슷하다. 줄기가 길게 뻗는 것이 있긴 하나 대부분 그렇지 않다. 물도 거름도 적게 먹는다. 어쩌다가 물을 주면 된다. 차지하는 공간이 좁아서 창틀에 얹어두기도 하고, 여러 개를 한꺼번에 모아두기도 한다. 간혹 꽃이 피는 것도 있고 아예 피지 않는 것도 있다. 꽃이라고 하지만 드러나게 꽃대를 보이는 것은 드물다. 대개는 잎의 끝부분에 붙은 꽃이 보일 듯 말 듯하다. 앙상한 나뭇가지에 움이 트는 모습이랄까. 그러나 한 번 핀 꽃은 오래도록 지지 않는다. 예쁘고 앙증스럽게 작은 꽃이다. 언제 꽃이 피었는지 또 언제 졌는지도 잘 모른다. 지나치다 보면 겨우 보일 뿐이다. 그렇게 조그마한 생명체도 종의 본능은 가지고 있다. 어쩌면 공룡처럼 큰 동물의 생존력이 더 약한지 모른다. 덩치가 큰 생명체일수록 지구촌의 기후변화에 적응하기 어려운가 보다.

그리고 더 보잘것없어 보이는 야생초가 있다. 들어온 지 수년이 지났다. 다른 화초들은 대개 1년에 한번 정도 꽃을 피우는데, 이것은 1년 내내 꽃을 피운다. 사람들은 어쩌다 피는 꽃에는 관심이 많고 항상 피는 꽃에는 관심이 적다. 과거에는 사람들이 물과 공기에 큰 관심을 두지 않았다. 그것은 으레 있는 것이니까. 그러나 요즘은 공기와 물에 관심이 높아졌다. 산업화를 거치면서 자연환경이 많이 오염된 때문이다. 한집에 사는 배우자도 늘 옆에 있으니까 각별하게 생각하지 않다가, 병이 나거나 문제가 생기면 그때 소중함을 안다. 자주 만나는 친구도 귀한 존재임을 잊고 지내다가, 막상 만날 수 없는 상황이 되었을 때 그리워하게 된다. 우리는 자주 만나는 사람들에게 고마운 마음을 가져야 한다. 그들이 있기에 날마다 즐겁지 않은가.

그 야생초 이름은 풍로초다. 처음부터 옹기그릇에 담겨 있었다. 이것은 위로 자라지 않고 잔디처럼 줄기가 엉겨서

옆으로 번져 나간다. 납작하고 넓적하게 생긴 옹기그릇에 풍로초 넝쿨이 꽉 차서 물이 넘치듯 가장자리 바깥까지 뻗는다. 햇빛을 잘 받으면 튼튼한 모습을 보여주는데, 이삼일쯤 햇빛을 받지 못하면 시들해진다. 야생초임에 틀림없다. 그 이름이 바람과 이슬을 맞으며 살아가는 야생성을 암시한다. 잎도 작고 꽃도 작지만, 햇빛이 없는 데서는 살지 못한다. 하루 종일 햇빛을 받아야 활기차다. 그렇지 않으면 물 밖에 나온 물고기와 같다. 풍로초는 거름을 따로 줄 필요가 없다. 열흘에 한 번쯤 물을 주기만 하면 그만이다. 잎의 크기는 1.5cm가 채 안 된다. 좀 길쭉하게 생긴 꽃망울의 크기도 아주 작다. 참외 씨앗처럼 생긴 꽃망울의 겉은 푸르다. 하지만 안쪽은 붉은 꽃잎이 은밀하게 뾰족이 내밀고 있다. 가녀린 꽃대 끝에 맺힌 꽃망울이 깜직하다. 가느다란 실낱 끝에 꽃이 핀다. 꽃대라고 해야 기껏 3cm 안팎의 길이다. 잣나무 잎처럼 뾰쪽하게 생겼다. 그러니 거기에 튼실한 꽃망울이 맺힐 리 없다. 2, 3일 동안 꽃대에 매달려 있다가 살며시 열린다. 금방 활짝 핀다. 풍로초의 꽃은 붉은빛을 띤 보라색이다. 꽃이 작다. 와이셔츠 단추만한 크기다. 모두 다섯 개의 꽃잎이 사이좋게 나란히 둥그런 원을 만든다. 듬성듬성 피기도 하고 한꺼번에 많이 피기도 한다. 빼곡하게 핀 풍로화 색깔이 푸른 잎사귀와 대조적이다. 꽃은 며칠 간 머문다. 그러다가 순식간에 꽃잎이 떨어지는데, 흔적도 없이 사라진다. 아무리 살펴봐도 찾을 수가 없다. 정말 깨끗하다. 자취를 남기지 않는다. 인간 세상에는 이름을 남기려는 사람들이 많다. 그 폐해는 몽땅 후대의 몫으로 돌아간다. 그런 이름은 시간이 갈수록 자꾸 작아질 것이다. 한편 이름을 숨기려는 사람도 있다. 국민을 위해 남을 위해 많은 일을 했으면서 단지 자신의 의무였다고 말한다. 그런 사람은 자신의 이름을 생각지 않지만, 뒷날 그 이름이 오래도록 빛날 것이다.

꽃잎이 지고나면 꽃술과 꽃받침이 남는다. 마지막 생명력의 잔재다. 그러나 몇 개의 작은 꽃술도 어느 순간 꽃대가 꺾이면서 자취를 감추어 버린다. 아무 흔적을 남기지 않는다. 언제나 피고 지고를 반복하는 풍로화다. 작지만 그 존재성이 강하다. 그러니 질그릇 화분에는 언제나 꽃이 피어 있다. 어떨 때는 수십 송이의 꽃들이 작은 꽃숲을 이룬다. 그런 때는 화분 그대로가 한 개의 꽃봉오리로 보인다. 수국처럼 같은 줄기의 작은 송이들이 모여 큰 꽃송이를 이루는 게 아니고, 줄기가 다른 각각에서 핀 작은 송이들이다. 개별성이 뚜렷하면서 전체적인 조화를 이루는 꽃이다. 풍로화의 이런 속성이 우리들에게 절실하게 필요하다.

풍로화는 향기가 거의 없다. 화려한 꽃과 진한 향기를 자랑하는 장미나 백합에 비하면 볼품이 없다. 그렇다고 지나쳐 버릴 수 없는 풍로화다. 그저 무시로 꽃을 피운다. 다른 꽃들이 일회성이라면 풍로화는 다회성이다. 변함없이 꾸준하게 핀다. 눈길을 많이 받는 꽃이 훈장 받는 장군이라면 풍로화는 무명용사다. 근사한 꽃들이 관군이라면 풍로화는 민병이다. 다른 꽃들이 사대부라면 풍로화는 평민이다. 풍로화는 계절을 가리지 않고 핀다. 햇빛을 받기만 하면 핀다. 누구의 관심이나 시선을 의식하지 않고 핀다. 말없이 자신의 존재에 충실한 꽃이다. 아무런 불평 없이 살아가는 소시민과 같은 꽃이다. 이웃과 더불어 늘 웃으며 살아가는 사람과 같다. 풍로화는 그런 사람들의 마음에 배어 있는 꽃이다. 풍로화는 연필로 쓴 글씨와 같다. 펜글씨는 한 번 쓰면 그만이지만, 연필은 쓰고 지우고 또 쓸 수 있다. 사계절 피는 부지런한 꽃이다.

푸른 학이 천리를 가려고

발 행 | 2016 년 11월 15일

지은이 | 김태엽
펴낸이 | 신중현
펴낸곳 | 도서출판 학이사
출판등록 : 제25100-2005-28호
주소 : 대구광역시 달서구 문화회관11안길 22-1(장동)
전화 : (053) 554~3431, 3432
팩스 : (053) 554~3433
홈페이지 : http : // www.학이사.kr
이메일 : hes3431@naver.com

ISBN _ 979-11-5854-039-5 03810